MARIE-JEANNE REICHLING
EXQUISIT
STORY MIX & POESIE

www.marie-jeanne-reichling.eu

© Marie-Jeanne Reichling

Foto Umschlag: Jonathan Reichling

1 Auflage 2016

ISBN: 9783741251443

Hersteller und Verlag: BOD Books on Demand

EINFÜHRUNG

Liebe Leser!

Es wären nicht meine exquisiten Stories, wenn sie nicht viel persönliches Erleben enthalten würden. So sind einige autobiographisch, einige biographisch, andere erfunden.

So geht es vom Schulerlebnis über erste zarte Gefühle, durchsetzt mit einigen Gedichten, bis hin zu heftigeren Liebesgefühlen.

Der Text ‚Gedanken, Gefühle, Fantasien' wurde im Theater aufgeführt.

Der Auswanderer ist meiner Ahnengalerie entstiegen.

Den Kurzkrimi ‚Mord in den Kaiserthermen' schrieb ich anlässlich der Heilig Rock Wallfahrt.

In Sally und Bruno verbergen sich heikle Themen wie Sterbehilfe und ADHS.

Ihr findet noch einiges an Erfundenem, Erdachtem, Erlebtem. Selbst Katzenfreunde kommen nicht zu kurz.

Nun hoffe ich, ihr seid gespannt und wünsche viel Spaß beim Lesen.

Marie-Jeanne

Zu beziehen bei Bod.de, Amazon oder bei Marie-Jeanne Reichling durch Überweisung von 10 Euro auf das Konto:
BCEELULL IBAN LU63 0019 8403 6532 3000

Offizielle Homepage: www.marie-jeanne-reichling.eu

INHALT

Schulerlebnis 7

Stefan und Marina 10

Ananda 15

Gedichte 21

Gedanken, Gefühle, Fantasien 24

Gedichte 27

Überraschungsflug 29

Der Auswanderer 34

Bruno-verheerende Diagnose 40

Maxims Kindheit 52

Klaus Lippert 76

Sally, das Ende 81

Mord in den Kaiserthermen 89

Ham und Amanda 107

Tiger Ji und Power Winnie 112

Lola 120

SCHULERLEBNIS

Unsere Turnstunde war gerade beendet. Vor fünfundfünfzig Jahren, als ich die erste Klasse besuchte, hatten wir natürlich noch keine Turnhallen wie heutzutage, unser Turnsaal war klein, es gab kaum Geräte, bloß einige Turnmatten, ein paar Bänke und die schweren Medizinbälle. Wir Schülerinnen befanden uns im Umkleideraum und warteten auf unsere Lehrerin, um mit ihr zusammen in den Klassenraum zurück zu gehen. Frau Kohn, unsere Lehrerin, war zwar noch jung, doch für uns war sie eine Respektperson. Zu ihren Schülerinnen blieb sie auf Distanz. Sie war schlank, mit feinen Gesichtszügen und trug ihr hellbraunes, glattes Haar immer hochgesteckt. In meiner Erinnerung trug sie ein hellbeiges Kostüm mit einem schmal geschnittenen, knielangen Rock, dazu Schuhe mit niedrigen Absätzen. Ich fand sie hübsch.

Wir Mädchen trugen über den Kleidern eine Schürze, meine hatte mir meine Mutter selbst genäht. Auch zu Hause zum Spielen musste ich sie immer anziehen.

In der Schule war ich schüchtern, Zuhause dagegen weniger. Ich war die Älteste von drei Kindern. Mit meinen grün gesprenkelten Augen schaute ich neugierig in die Welt. Meine dunkelblonden Haare waren oft zu einem Pferdeschwanz zusammengebunden. Der Pony sah etwas zu kurz aus und war schief geschnitten, mein Vater versuchte sich hin und wieder als Frisör bei uns Kindern. Ich fand es immer so peinlich, mit dem schiefgeschnittenen Pony zur Schule zu gehen. Was, wenn die andern Mädchen mich nun deswegen verspotten würden, dachte ich, und zupfte vergeblich an den zu kurzen Haaren herum.

Während wir in dem kleinen Raum warteten, zog ein Mädchen namens Rita zum Zeitvertreib eine Zündholzschachtel hervor und versuchte sie zu öffnen. Wir benutzten nämlich gerade Zündhölzer im Rechenunterricht. Da die Schachtel klemmte, zerrte sie etwas fester daran. Plötzlich flog das Kästchen mit einem Ruck heraus und sein ganzer Inhalt verstreute sich über dem Fußboden. Einige von uns bückten sich sofort, um Rita beim Einsammeln der Zündhölzer zu helfen.

Damals waren die Klassen noch sehr groß, es befanden sich bestimmt über dreißig Mädchen in dem kleinen Umkleideraum. Es war da drinnen sehr eng. Ich stand hinter der halboffenen Tür. Mit der einen Hand hielt ich mich am Türrahmen fest, die Finger zwischen Tür und Rahmen, mit der andern wollte ich die Zündhölzer aufheben, die dort am Boden lagen. Gerade als ich mich bückte, drückte jemand von der andern Seite die Tür zu. Ein dumpfer Schmerz fuhr mir durch den rechten Mittelfinger. Ich versuchte meinen eingequetschten Finger zurückzuziehen, ohne dabei zu schreien. Doch der saß fest.

Wie dumm, dass gerade mir das passieren musste. Ich wollte nicht auffallen, es war mir peinlich, so plötzlich im Mittelpunkt zu stehen. Währenddessen wurde noch immer gegen die Tür gedrückt. Da schrie ich doch. Einige Mädchen wurden aufmerksam und merkten, dass ich blutete. Plötzlich standen alle um mich herum und riefen durcheinander. Endlich ließ der Druck nach und ich konnte meinen Finger befreien. Entsetzt starrte ich auf die Kuppe, die bis unterhalb des Nagels abgequetscht herunterhing. Das Blut tropfte nur so zu Boden. Ich wunderte mich, dass die Wunde nicht einmal allzu sehr schmerzte. Dann war auf einmal die Lehrerin da. Sie sah ganz erschrocken aus, als sie mich am Arm nahm und beiseite zog. Sie sah sich meine blutige Hand an und wickelte provisorisch ein Taschentuch drum herum.

Die Klinik befand sich gleich gegenüber der Schule. Alles ging so schnell, ich wusste gar nicht, wie mir geschah. Am Empfang saß eine weißgekleidete Nonne. Sie nahm mich mit in einen Behandlungsraum, wo mir die Fingerkuppe wieder angenäht wurde. Ich weinte und jammerte, während die Wunde zuerst gesäubert und anschließend genäht wurde. Ich erinnere mich noch an den brennenden, ziehenden Schmerz, als die Nadel durch mein Fleisch fuhr.

Nachdem ich versorgt war und mit geschientem Finger und dickem Verband wieder bei meiner Lehrerin im Wartesaal auftauchte, brachte sie mich nach Hause. Auf einmal realisierte ich, dass ich mit ihr allein im Auto saß. Ich war stolz und genoss dieses Privileg. Es freute mich, dass ihre ganze Aufmerksamkeit mir galt. Zuhause übergab sie mich meiner Mutter, die natürlich sehr erschrak, als sie die Haustür öffnete und mich mitten am Vormittag, während der Schulzeit, mit einem großen weißen Verband und in Begleitung meiner Lehrerin vor sich stehen sah. Frau Kohn erzählte ihr, was passiert war. Zum Abschied bekam ich noch eine Packung Smarties, als kleines Trostpflaster und weil ich während des Nähens so tapfer durchgehalten hatte. Als mein Vater abends von der Arbeit nach Hause kam, versteckte ich mich hinter dem Küchenschrank und streckte nur die verbundene Hand hervor. Es war ein gutes Gefühl im Mittelpunkt zu stehen.

Ich musste eine Woche zuhause bleiben, dann wurden die Fäden gezogen. Ich bin sehr froh, dass die Fingerkuppe wieder gut angewachsen ist. Bis heute kann man die Narbe an meinem Finger erkennen.

STEFAN UND MARINA

Als sie auf die „Kreizheck" zogen, war Marina etwa drei Jahre alt und ihr Bruder ein Jahr. Das Baby, ihre kleine Schwester, kam erst zur Welt, nachdem sie schon umgezogen waren. Die Familie lebte nun in einem alten Haus mit zwei Schlafzimmern, die ineinander übergingen. Die Eltern schliefen im hinteren Zimmer, wo der kleine Kohlenofen stand. Bei den Kindern im Zimmer blieb es jedoch, trotz der offenen Verbindungstür, im Winter sehr kalt. Marina erinnerte sich an die Eisblumen am Fenster und dass sie sie anhauchte, um sie zum Schmelzen zu bringen, damit sie hinausschauen konnte.

Marina freute sich immer, wenn der Bäcker kam, er fuhr einen schwarzen Citroen, so eine alte Gangsterlimousine. Wenn Mama das Baby gerade fütterte, bekam Marina einige Franken und durfte das Brot auch mal alleine kaufen gehen. Im Sommer hatte der Bäcker einen Eiskübel mit leckerem Vanilleeis dabei, und manchmal bekam sie eine Portion.
Später, als Marina schon zur Schule ging, - damals war sie etwa sieben oder acht Jahre alt, - baute ihr Vater mit seinen Brüdern den Speicher aus. Nachdem das alte Dach abgerissen, und die Mauern hochgezogen worden waren, kam für einige Tage eine Plane darüber liegen. Raymonde Holzhacker, eines der beiden Mädchen, mit denen Marina den Schulweg ging, machte eine spöttische Bemerkung:
„Wenn es jetzt anfängt zu regnen, dann tropft euch der Regen in die Suppe."
Marina ärgerte sich sehr über die Äußerung, denn es war ihr peinlich, dass sie kein Dach auf ihrem Haus hatten. „Ich werde nie mehr ihre Freundin sein", schwor sie sich. Tatsächlich verzieh sie Raymonde den dummen Scherz nie ganz, und Sonja wurde danach ihre beste Freundin.

Marina und ihre Geschwister spielten aber auch viel mit den Nachbarskindern. Eine Zeitlang wohnte ein Junge mit seiner Mutter direkt nebenan bei seinen italienischen Großeltern. Stefan wurde Marinas allerbester Freund. Die beiden hingen immer zusammen. Als er später wegzog, vermisste sie ihn sehr. Stefans Nono war freundlich, die Nona dagegen sehr streng, Marina hatte immer ein bisschen Angst vor ihr. Entweder kam Stefan zu ihr zum Spielen, oder sie ging zu ihm. Seine Großeltern hatten ein riesiges Grundstück. Vor dem Haus befand sich eine Wiese mit Obstbäumen, einem Teich und einer Schaukel. Marina stieg über den Zaun und sie waren zusammen. Im hinteren Garten hielten sie sich nicht so oft auf, dort befanden sich die Hühner und der Gemüsegarten. Dann gab es noch das große Tor an der rechten Seite des Hauses. Wenn man durch das Tor ging, kam man auf den „Weg". Weil dort fast nie ein Auto fuhr, konnte man gut mit dem Fahrrad bis zum Waldrand hinauf fahren. Durch das Tor gingen sie auch raus, wenn sie mit den andern Nachbarskindern spielen wollten. Da wohnten Milène und ihr kleiner Bruder Patrick und die Kitzingers. Gingen sie zu Milène, wurde meistens unter dem großen alten Birnbaum gespielt. Unter dem Baum stand eine grobe selbstgezimmerte Bank, daneben war der Sandkasten, dahinter der Geräteschuppen, worin sich auch noch einige Spielsachen befanden. Während sie zusammen spielten, lehnte Fanny, Milènes Mutter sich aus dem Fenster, den riesigen Busen aufgestützt, alles im Blick, alles unter Kontrolle. Jeden Streit bekam sie mit. Sie rief den Kindern dann eine Ermahnung zu oder kam selbst raus zum Schlichten. Danach ging das übliche nachbarschaftliche Getratsche weiter. Marina und Stefan verbrachten wundervolle Nachmittage dort. Meistens spielten sie Mutter und Kind. Je mehr Kinder mitspielten, desto größer gestaltete sich die

Familie. Da sie die Ältesten waren, spielte Stefan meistens den Vater und Marina die Mutter. Später wollten sie einander sowieso heiraten. Eine Lehrerin gab es auch, und einen Krämer, zu dem man zum Einkaufen ging. Spielten die Kitzingers mit, wurde es oft ein bisschen chaotisch.

Die Kitzingers waren eine spezielle Familie, ziemlich verwahrlost, mit vielen Kindern, die alle einen andern Familiennamen hatten. Trotzdem spielten sie zusammen. Deren Kinder waren sowieso immer auf der Straße und Marina zog es auch nach draußen. In dem kleinen Haus wohnten sehr viele Leute und im Sommer spielte sich ein großer Teil ihres Familienlebens draußen in dem winzigen Hof ab. Dort war immer etwas los.
Annette Marola war in Marinas Alter. Oft fuhren sie zusammen Rad oder sie standen einfach mit ihren Fahrrädern da und quatschten. Marina war sehr neugierig auf die Familienverhältnisse und fragte Annette aus, wer wie hieß und welchen Vater das jeweilige Kind hatte oder wie der neue Freund einer der Mütter der Kinder hieß.
So unterhielten sie sich wieder einmal, einige der Kleineren standen auch dabei. Da spürte Marina plötzlich eine warme Flüssigkeit an ihrem Bein herunter rinnen. Sie blickte hin und merkte, dass Joel Kitzinger ihr gerade gegen das Bein pinkelte. Marina spürte noch, dass sie knallrot anlief und rannte los. Zwei Minuten später war sie zuhause in der Waschküche, stand mit dem Schlauch im Waschtrog und wusch sich. „Hoffentlich hat Stefan das nicht mitbekommen", stöhnte sie. „Igitt, wie ekelig!" Hastig zog sie die nassen verpissten Socken aus und warf sie zu der Schmutzwäsche.
„Der hat sie ja nicht mehr alle der Reihe nach!", murmelte sie ärgerlich vor sich hin und ließ sich weiter das kalte Wasser über die Beine laufen.

Im Nachhinein war Marina schockiert über sich selbst. Sie hatte es als angenehm empfunden, als die warme Pisse an ihren Beinen entlang rann.

Eines Tages, als Marina an den Zaun trat und zum Nachbargarten hinübersah, bemerkte sie Stefan. Er stand mit dem Rücken an einen der Apfelbäume gelehnt und starrte mit bedrücktem Gesichtsausdruck vor sich hin.
„Hey, was ist denn mit dir los?" rief sie hinüber.
„Komm rüber!" forderte Stefan sie mit einer Handbewegung auf.
Marina stieg über den Zaun und trat neugierig näher.
„Was hast du angestellt, hat deine Nona mit dir geschimpft?"
„Ich muss weg", sagte er traurig.
Marina erschrak. „Wieso, wohin denn?"
Er sah auf und sein Gesicht nahm einen wichtigen Ausdruck an.
„Nach Amerika", sagte er und richtete sich gerade auf.
Sie war beeindruckt: „Du gehst wirklich nach Amerika?"
„Mamas Freund ist ja Amerikaner, er will mich mitnehmen. Und ich bekomme einen Bruder, Greg soll er heißen", sagte Stefan düster.
Sie blickte ihm in die Augen. „Kommst du denn wieder?"
Plötzlich tat ihr der Magen weh. „Oder sehen wir uns dann nicht mehr?"
„Amerika ist weit weg, weißt du", meinte er bedeutungsschwer.
Eine Weile sprach niemand, sie hingen beide ihren Gedanken nach.
‚Stefan wird fortgehen, weit weg, er wird englisch sprechen und mich vergessen', dachte Marina verzweifelt.

Seit Stefans Weggang nach Amerika, war es ruhig geworden im Garten der italienischen Nachbarn.
Inzwischen ist Marina 14, ihr Bruder 12, und die jüngste Schwester 10 Jahre alt.
Dann, eines Tages ist wieder Leben im Vorgarten.
Stefan ist wieder da und mit ihm zwei kleine Kinder, etwa 3 und 5 Jahre alt. Sie spielen draußen und sprechen sehr schlecht luxemburgisch, mit einem starken amerikanischen Akzent. Es sind die beiden Halbgeschwister von Stefan, Greg und Maddie. Er selbst wirkt jetzt schon sehr erwachsen, so ernst und irgendwie bedrückt. Er wohne jetzt mit seiner Mutter in der Stadt, erzählt er Marina. Er müsse ihr helfen und arbeiten gehen. Über den amerikanischen Freund seiner Mutter will er nichts erzählen.
Stefan ist nicht mehr oft zu sehen. Und wenn, ist es zwischen ihnen nicht mehr das Gleiche, wie früher.
Marina hat Stefan nicht vergessen, aber sie haben sich auseinandergelebt.

ANANDA

Ja, die Liebe
Wer in diesem Zustand
Sich noch selber belügt
Der ist nicht bei Verstand

Prickelnd und so berauschend
Erst Himmelhochjauchzend
Dann zu Tode betrübt
Schmerz und oh das Herz tut weh
Oder glücklich bis in den dicken Zeh
Prickelnd und so berauschend

Die immer gleich lautenden Worte des Gesangs „Baba Nam Kevalam" und der stundenlang andauernde Kiirtan Tanz draußen in der lauen italienischen Sommernacht, erfüllten mein Herz und mein ganzes Wesen. Wie lange tanzten wir schon so, hintereinander, immer im Kreis, mit erhobenen Händen, in immer gleichem Rhythmus, begleitet von Gitarre, Tamburin, Schellen und Trommeln? Manche der Margiis tanzten inzwischen wie in Trance, ich selber konnte zwar bis zu einem gewissen Punkt mit fließen, behielt aber immer die Kontrolle und eine gewisse Distanz, um den Überblick nicht zu verlieren. Wir befanden uns auf einem internationalen Treffen von Margiis, so heißen die Anhänger von Ananda Marga.

Nun bemerkte ich schon seit geraumer Zeit, dass der junge Mann, der hinter mir tanzte, mich beobachtete. Als ich kurz darauf eine Pause einlegte und mich ein paar Schritte von der Gruppe entfernte, folgte er mir. Er sprach mich an und wir unterhielten uns. Er fragte nach meinem Namen, woher ich kam und ob das „retreat" mir gefalle. Mein spiritueller Name, Lilavati, den ich erhielt, als ich Ananda

Marga beitrat, bedeutete lustig, amüsant, spielerisch, charmant. Er hieß Robert und kam aus Berlin. An seinen Margii Namen kann ich mich nicht mehr erinnern. Er wollte wissen, was für ein Thema wir nachmittags in der Frauengruppe hatten, ob wir auch eine „lecture" über Ehe und Sexualität hatten? Ich war ganz verwundert, dass ein so völlig ungeistliches Thema während dieser Tage überhaupt gelehrt wurde, dachte ich doch bisher, das wären eher Tabu-Themen bei Ananda Marga. Doch an dem Tag bekamen die Männer tatsächlich während ihrer „lecture" spezielle Verhaltensmaßnahmen erklärt, was den Umgang mit Frauen vor und in der Ehe anbelangte. Wieso gab es diesen Vortrag nur für die Männer? Wir hatten irgendetwas über rituelle Waschungen erklärt bekommen, auf der Toilette zum Beispiel sollte man immer die linke Hand benutzen, weil man ja mit der rechten aß. Ich erinnere mich noch dass man beim Gähnen mit den Fingern schnippen sollte, damit die andern nicht von der Müdigkeit, die auf einem lastete, angesteckt wurden. Das war schon eine wichtige Sache, denn die Gefahr war groß, dass man während der langen Stunden der gemeinsamen Meditation einschlief. Wir bekamen immer nur sehr wenig Schlaf, denn die Tage waren ausgefüllt mit Singen, Kiirtan tanzen, Meditation, Vorträgen und arbeiten.

Robert und ich spazierten zusammen durch den warmen Abend, unterhielten uns über alles Mögliche, und gingen irgendwann wieder zu den andern zurück, um weiter Kiirtan zu tanzen. Unser Tanzen war jetzt viel weniger spirituell, Robert tanzte vor mir und rückte immer wieder näher zu mir heran. Nach einer Weile nahm er mich bei der Hand und zog mich aus dem Kreis der Tanzenden heraus. Wir setzten uns etwas abseits auf eine Mauer. Als er mich küsste, schien es das Selbstverständlichste von der Welt.

„Als das „retreat" zu Ende ging, tauschten wir unsere Adressen aus und blieben in Verbindung. Wir schrieben uns, telefonierten manchmal miteinander und warteten auf eine Gelegenheit, uns wiederzusehen.

Es dauerte eine Zeitlang, bis ich wieder frei nehmen konnte, ich arbeitete damals in einem Juweliergeschäft. Wir hatten ausgemacht, dass ich ihn zuerst in Berlin besuchen würde. Ich fuhr mit der Bahn, das war sehr spannend, denn der Zug fuhr durch die damalige DDR. Die Passkontrolle mitten in der Nacht jagte einem einen gehörigen Schrecken ein. Der Zug blieb plötzlich stehen und die Grenzsoldaten stürmten, ohne anzuklopfen ins Schlafwagenabteil und verlangten mit schneidender Stimme nach den Pässen. Als die Kontrolle beendet war, ratterte der Zug weiter in die dunkle unbekannte Nacht. Nach dem unangenehmen Erlebnis mit den Grenzbeamten war ich hellwach. Morgens gegen neun Uhr sollten wir in Berlin-West ankommen. Ob Robert wirklich, wie versprochen, am Bahnsteig sein würde, um mich abzuholen? Es war mein erstes Mal in Berlin und alles war sehr aufregend.

Berlin

Er hatte mich, wie versprochen, am Bahnhof abgeholt. Wir waren mit einem Sightseeing-Doppeldeckerbus durch Berlin gefahren und er hatte mir seine Stadt gezeigt. Detaillierte Erinnerungen setzen allerdings erst wieder da ein, wo wir durch die Tür seiner Altbauwohnung traten und er mich im Flur leidenschaftlich küsste, wir uns dann gegenseitig auszogen und auf den Holzdielen liebten. Danach duschten wir gemeinsam und er zeigte mir den Rest der Wohnung. Anschließend gab es ein Gericht, das

Robert erfunden hatte, Spagetti mit Tamaris, Knoblauch und Parmesan.

Ob es ein Ausflug über die Grenze in die ehemalige DDR war, Schwimmen im Müggelsee, Museumsbesuche, flanieren durch Kreuzberg am Paul Linke Ufer entlang und Besuche bei Roberts Freunden oder in Berliner Kneipen, es war für mich einfach eine spannende Zeit.

Robert arbeitete in einem Bioladen und mit Kindern aus sozial schwachen Familien. Wir besuchten Freunde von ihm, bei denen ich vor lauter Schüchternheit fast kein Wort sprach. Roberts alternativer Lebensstil war mir fremd und beeindruckte mich. Ich war nicht so locker, konnte nicht so aus mir herausgehen, wie er und verkroch mich gerne in meinem Schneckenhaus. Eines Abends saßen wir in einem Lokal. Als eine Bekannte von Robert sich zu uns setzte und die beiden sich lachend unterhielten, fühlte ich mich so ausgeschlossen, schüchtern und voller Komplexe, dass ich mich nicht einmal mehr traute aus meinem Glas zu trinken, aus Angst meine Hände würden dabei zittern. Ich verkrampfte mich total. Als ich von der Toilette zurückkam, sahen mich beide bedeutungsvoll an und machten Andeutungen über meine angebliche Eifersucht. Ich verneinte dies zwar, doch beide lachten und glaubten mir nicht. Robert schien der Gedanke sogar zu gefallen, denn er lächelte mich zärtlich an. Wenig später verschwand die Freundin diskret.

Als er mich am Ende der gemeinsamen Tage am Bahnhof verabschiedete, weinte Robert.

Italien Gardasee, Chiemsee…

Bei Robert hatte die Begeisterung für Ananda Marga merklich nachgelassen und bei einem späteren „retreat" war er nicht mehr dabei. An die Gegend wo das Treffen stattfand, kann ich mich nicht mehr erinnern, einzig der Name des Zentrums „Villa Sacro Cuore" haftet mir noch im Gedächtnis.

Ich nahm daran teil und wir hatten ausgemacht, uns anschließend an einem italienischen Bahnhof in der Nähe zu treffen, um eine Woche zusammen am Gardasee zu verbringen.

Leider gab es irgendein Missverständnis und ich wartete vergeblich auf ihn. Ich hatte keine Telefonnummer von ihm und konnte ihn also nicht erreichen. Zuerst dachte ich, er käme vielleicht mit einem späteren Zug, doch je länger ich wartete, desto verzweifelter wurde ich. Schlussendlich musste ich mir eingestehen, dass er nicht mehr kommen würde. Ich hatte eine Woche Urlaub vor mir, die ich allein in Italien verbringen würde.

Ich versuchte das Beste daraus zu machen und die Zeit an dem schönen See mit den pittoresken Ortschaften und dem guten Essen zu genießen.

Zu unserem nächsten Treffen kam er zu mir. Eine Freundin stellte uns ihr Haus während ihrer Abwesenheit zur Verfügung. Leider hatte ich schreckliche Ohrenschmerzen und konnte in der Nacht kaum schlafen. Trotzdem war es eine schöne Zeit. Wir zogen durch die Gegend und einmal kletterten wir auf einen Heuschober und liebten uns im Heu.

Die Fernbeziehung ging weiter, als ich meine Ausbildung zur Kinderdorfmutter in der Nähe von München absolvierte. Wir schrieben uns und er kam sogar einmal zu Besuch, als ich mich während eines Seminars am Chiemsee aufhielt. Wir trafen uns zum Mittagessen beim Italiener. Nachmittags war wieder Kurs, so dass der Abschied allzu schnell nahte. Als wir draußen standen, um uns zu verabschieden, nahm Robert mich plötzlich bei der Hand und zog mich einen Hügel hinauf. In einem kleinen Waldstück angekommen, drückte er mich auf den weichen Boden. Es blieb nicht viel Zeit und als ich außer Atem in meiner Stunde erschien, hat man mir sicher angesehen, was vorher passiert war.

Die Zeitabstände zwischen unseren Begegnungen waren groß, es lagen jeweils einige Wochen dazwischen. Dazu kam, dass ich mich meinerseits nicht so sehr in die Beziehung investierte, wie Robert es tat. Er merkte es natürlich und stellte mich vor die Wahl. Entweder wir würden zusammenleben oder er würde die Beziehung zu seiner Ex Freundin Carina wieder aufnehmen.

Das war der Abschied für immer. Ich habe Robert nie wiedergesehen. Nachdem er gegangen war, merkte ich, dass ich ihn doch mehr geliebt hatte, als ich bis dahin dachte.

Kürzlich, siebenunddreißig Jahre danach, war ich wieder in Berlin. Ich suchte nach dem Hinterhaus, in dem er damals wohnte, konnte es aber nicht wiederfinden. Wurde es abgerissen oder so renoviert, dass es nicht wiederzuerkennen war, ich weiß es nicht.

Die schönen Erinnerungen jedoch, kann niemand mir nehmen!

Leuchtende Momente

Leuchtende Momente wollen an dich erinnern
Zarte Erinnerungen leuchten von innen
Doch das Schicksal wollt uns daran hindern
Ließ unser Glück zu Nichts zerrinnen
Seit ich dich am schönsten Tag verlassen
Bin ich beständig drin vertieft
In jene wundervolle Zweisamkeit
Werden solche Augenblicke je verblassen?

Die Sehnsucht mich hinunter zieht
Nach dem, den meine Seele liebt
Ins dunkle Loch der Einsamkeit

Manchmal

Manchmal, wenn die Traurigkeit mich übermannt
Die Sehnsucht nach dir mich in den Krallen hält
Hat diese dumpfe Verzweiflung mich überrannt
So dass mein dummes Herz sich damit quält
Fällt es mir schwer, mich davon loszureißen
Wollen die Gedanken mich einfach nicht lassen
Und ich frage, was wollt ich damit erreichen?
Etwa ein Wunder?
Warum nur habe ich dich verlassen?
Wie schön waren die Momente mit dir
Es ist vorbei!
Die Erinnerung macht es noch schlimmer
So süß ruhte dein zärtlicher Blick auf mir
Wirklich vorbei?
Ich vergesse dich nicht und hoffe noch immer
Auf ein Wunder!

Mein Herz hat mich verlassen

War es denn wirklich so vermessen
Ich kann es immer noch nicht fassen
Und dich einfach nicht vergessen
Weißt du, mein Herz hat mich verlassen
Möcht sich mit deinem gern vereinen
Es wollte sich gar nicht trösten lassen
Ich war dann ständig nur am weinen

Mein Herz es wollt so gern erringen
Das deine, ungeteilt, geliebter Mann
Um das Hindernis zu bezwingen
Wand ich mich himmelwärts sodann
Wer könnte es denn sonst bewegen
Als Gott mit Seinem reichen Segen

Sollte der Allwissende dein Herz nicht kennen
So schmerzlich ist mir der Verzicht
Und musste ich mich auch von Dir trennen
Da bin ich gewiss, dass er zu dir spricht

Er liebt mich…

Ob es wohl stimmt,
möchte ich wissen
er mag mich bestimmt
so sag ich voraus
bis zum gelben Kissen
zupf ich sie aus
eins nach dem anderen
bis nur mehr eins vorhanden
der zarten Blütenblätter

GEDANKEN, GEFÜHLE, FANTASIEN

Die Tage vergehen in endloser Monotonie
In denen meine Gedanken mich entführen
Zu einer Reise voll süßer Fantasie
Und mir solche Träume vorgaukeln
In denen ich meine du würdest mich berühren
Die mich dabei aber bloß verschaukeln

Jedes Mal, wenn ich aufsah, hatte er den Blick auf mich gerichtet. War das Zufall? Ich nahm mir vor, darauf zu achten. Es stimmte tatsächlich. Er sah mich an, da gab es nun keinen Zweifel mehr. Unsere Blicke trafen sich.
Nach der Veranstaltung kam er auf mich zu und sprach mich an. Später saßen wir uns gegenüber. Er erzählte von sich, von seinem Studium, seiner Kindheit, von der Scheidung seiner Eltern und wo er in Amerika gelebt hatte. Ich weiß noch, dass er ein rosafarbenes Hemd trug, die Ärmel leger umgeschlagen. Ich wollte alles von ihm wissen. Meine Augen hingen wie gebannt an seinen Lippen. Und wurden gleichzeitig, wie magisch, von dem bisschen Haut seiner Hand und seines leicht behaarten Unterarmes angezogen. Meine Blicke streichelten seine Hand, fuhren langsam den Arm empor, schoben das Hemd weiter zurück. Ich wollte ihn haben!

Wie konnte ich mich so schnell in ihn verlieben? Das war doch Wahnsinn! Außerdem war es unmöglich, wir hatten beide eine Familie.
Wir sahen uns regelmäßig, doch immer in Gesellschaft unserer Kinder und Ehepartner und anderer.
Ich konnte meine Gedanken nicht von ihm lösen, ob wir uns sahen oder nicht. Und meine Fantasie ging mit mir durch, gaukelte mir alle möglichen Situationen vor. Ich

malte mir Gelegenheiten aus, wo wir allein waren, miteinander sprachen oder übereinander herfielen. Ich begehrte ihn. Und wusste doch die ganze Zeit, dass es nicht sein durfte. Doch mein Herz ließ sich davon nicht überzeugen. Die Intensität meiner Gefühle erschreckte mich. Er wäre der Mann fürs Leben gewesen. Meine ganz große Liebe.

Wachte ich auf, sah ich ihn vor mir. Tagsüber konnte ich ihn keinen Moment aus meinen Gedanken bannen, egal was ich tat, er war immer irgendwie da. Ich aß und arbeitete und holte die Kinder ab oder brachte sie irgendwohin. Abends hatte ich Sex mit meinem Mann und dachte dabei an ihn. Endlich schlief ich ein, erfüllt von Sehnsucht nach ihm.

Dann luden er und seine Frau uns zu sich ein. Mein Mann wusste inzwischen, dass er mir gefiel. Er war eifersüchtig, vertraute mir aber, dass ich nicht fremdgehen würde. Ich dachte das auch, wusste aber nicht, ob ich wirklich stark genug wäre, zu verzichten, wenn sich uns eine Gelegenheit böte. Im Vorfeld des Besuches malte ich mir alle möglichen Situationen aus, in denen wir plötzlich irgendwo allein wären, wie wir uns unbeherrscht in die Arme fallen und uns verstohlen küssen würden.

Seine Frau war noch am Kochen, er zeigte uns Haus und Garten. Plötzlich waren wir allein draußen, ich saß auf der Schaukel und hatte sein Baby im Arm. Schaukelte langsam hin und her, während wir uns über verschiedenes unterhielten, nur nicht über uns und das was zwischen uns vorging. Nach dem Essen, als die Kinder spielten, saßen wir zu viert zusammen, sprachen sogar über Eheprobleme. Egal, ich saß ihm gegenüber, konnte ihn ansehen, den ganzen Tag über in seiner Nähe verbringen. Irgendwann

mussten wir doch aufbrechen, am nächsten Tag war Schule.
Er ging direkt hinter mir zum Ausgang. Sein Blick brannte auf meinem Rücken, schmolz den Reißverschluss meines Sommerkleides, riss es mir vom Leib. Ich atmete schwer. Meine Knie wankten. Mit jedem zitternden Schritt kam der Abschied näher.
Dann standen wir am Auto, gaben uns die Hand und ich stieg ein. Wir sahen uns in die Augen, während mein Mann den Wagen aus der Parklücke lenkte, ich wandte den Kopf nach hinten, um ihn weiter ansehen zu können. Dann, ein letztes Winken und er entschwand.

Als ich mich zuhause auszog, merkte ich, dass der Reißverschluss meines Kleides offenstand.

Bald darauf reiste er ab.

Das ist nun vierzehn Jahre her. Irgendwann bin ich allein, getrennt.

Lange Zeit kam mir nicht mal der Gedanke an einen Mann und auf einmal ist die Welt voll mit interessanten Männern. Ein klitzekleiner Flirt mit A, Wiedersehen mit B und alte Erinnerungen und Gefühle werden wach.

Dann bist du auf einmal da. Und nur neben dir zu stehen, gibt mir ein Gefühl, als ob ich angekommen wäre, mich einfach anlehnen und wieder jemand vertrauen könnte. Es sind plötzlich wieder Gefühle da, Hoffnungen, Wünsche, Sehnsüchte.
Ich könnte mir einen gemeinsamen Weg vorstellen.
Wie schnell kreist alles nur noch um dich.

Meine Gedanken sind erfüllt von dir. Ich liebe dich. Doch die Intensität meiner Gefühle erschreckt mich nicht. Denn nun bin ich frei und unsere Liebe wird niemandem weh tun.

Ach ja, meine Vorstellungen, meine Gedanken, meine Fantasien. Es ist also wieder so weit, dass ich mich in Gefühle hineinsteigere, mir so allerlei vorstelle. Gedankenkontrolle ausüben zu können, diese wichtige Eigenschaft scheint mir gänzlich abzugehen. Warum kann ich das bloß nicht? Warum verliere ich mich in süße Träumereien?
Vielleicht ist das alles falsch, was ich zu erahnen meine. Vielleicht ist es nur eine vermeintliche Harmonie zwischen uns, eine, die ich mir einbilde. Dieses Prickeln nur etwas, wo ich mich hineingesteigert habe.
Bin ich etwa ein Spielball meiner Gedanken, Gefühle und Vorstellungen?

Was ich mir alles ausdenke! Erträume! Den Rest meines Lebens zusammen mit dir zu verbringen.

Vielleicht bin ich verrückt.

Smart

Ups und vorbei ist die wunderbare Leichtigkeit
Des süßen Flirts beim ersten Kennenlernen
Der Hoffnung auf eine prickelnde neue Möglichkeit
Werden wir uns so schnell voneinander entfernen?

Deine humorvolle, freche, selbstbewusste Art
Auch deine Stimme am Telefon hat es gesteigert
Das Gefühl, die Sehnsucht, Dich zu sehen
Du gefällst mir, erregst mich, bist einfach smart
einem Treffen hätt ich mich kaum verweigert
Doch dann hab ich Deine letzten Zeilen gelesen
Nicht ganz so smart!

Verlangen

Voller Verlangen liege ich zusammengekrümmt auf meinem Lager
Sehne mich wieder nach dir und weiß doch, du rufst nicht an
Das blieb nun zurück von dem gestrigen Palaver
Alles wieder aufgewühlt, ich träum und denk nur noch daran
Wie es sein könnte mit dir zusammen - ja aber...

Sag doch, was fühlst du für mich?
Denn ich, ich denk nur noch an dich

Ergebnis meiner sehnsuchtsvollen Gedanken
Meiner Tagträumereien die sich um dich ranken
Wir kommen ja doch nicht voran miteinander
Sind höchst wahrscheinlich nicht füreinander
Bestimmt

Wellen der Liebe

Wellen der Liebe
Branden an den Strand
Erst in der Tiefe
Entfernt vom Land
In der Dunkelheit
Verborgen im Ozean
In
Des Lebens Rauheit
Wenn auch noch so angetan
Erweist es sich, ob sie hält
Die Liebe
Oder in sich zusammenfällt

Zarte Feder

Wie die zarte Berührung dieser Feder
war die Begegnung heute mit dir
In der Erinnerung, wie eine Zeder
ragt sie auf, ich bewahre sie mir

Flügel der Liebe

Wie die Flügel eines Vogels, gehören Mann und Frau zusammen
Den Wunsch nach dieser Erfüllung, wer will ihn verdammen?
Sehnsucht
nach
Erfüllung
Den Wunsch, mit wem werd ich ihn besiegeln?
Denn
Mit nur einem Flügel kann kein Vogel fliegen

ÜBERRASCHUNGSFLUG

Ricarda liebt das Fliegen nicht besonders und schon gar nicht, wenn es sich um so eine weite Strecke handelt. Doch nun sitzt sie im Flugzeug, und fliegt das erste Mal allein von Neuseeland nach Chile. Ricarda ist Brasilianerin, 19 Jahre alt und befindet sich auf dem Weg zu Diego, ihrem Freund. Morgen werden es acht Monate, seit sie zuletzt zusammen waren. Diego war anschließend nach Santiago di Chile geflogen, um an dem Projekt „Chiles Kinder" mitzuarbeiten. Ricarda ihrerseits hatte ein Auslandsjahr als Kindergärtnerin in Neuseeland absolviert. Acht lange Monate des Wartens lagen nun bald hinter ihnen.

Endlich, denkt Ricarda und kann es kaum erwarten. Nur noch wenige Stunden, dann sehen wir uns wieder. Dann wird aber gefeiert!

Vor lauter Aufregung wird ihr fast ein bisschen übel. Sie schiebt die Reste ihres Frühstücks, das die Stewardess den Fluggästen erst vor wenigen Minuten serviert hat, von sich. Neben ihr sitzt eine ältere Frau, die sich zu Beginn der Reise mit Elena Rodrigues vorgestellt hatte, von Beruf Zoologin.

Ricarda merkt, dass ihre Sitznachbarin sich unterhalten möchte, doch sie fühlt sich nicht dazu aufgelegt und gibt nur einsilbige Antworten. Außerdem fühlt sie sich wirklich nicht gut. Ob sie mal aufs Klo gehen soll? Vielleicht besser jetzt, bevor die andern fertig gefrühstückt haben, überlegt Ricarda, denn nachher geht der große Andrang los, und dann wird die Toilette so bald nicht mehr frei sein.

In dem Moment, wo sie aufsteht, merkt Ricarda, dass sie richtig Druck auf der Blase hat. Sie geht rasch einige Schritte den Gang entlang.

Mit einem Mal spürt sie, wie ein Rütteln durchs Flugzeug geht und klammert sich rasch am nächstbesten Sitz fest. „Caralho", entfährt es ihr. Jetzt sinkt die Maschine mit einem gewaltigen Ruck nach unten. Etwas Warmes, Feuchtes rinnt ihr die Beine hinunter.

Oh nein! Wie abgrundtief peinlich! Die Hitze steigt Ricarda ins Gesicht und am liebsten wäre sie im Erdboden versunken. Sie traut sich fast nicht aufzusehen.

Da spürt sie, wie jemand sie am Arm nimmt. Wie aus weiter Ferne dringt eine freundliche, beruhigende Stimme an ihr Ohr.

„…nur halb so schlimm, sowas kann jedem passieren. Bitte kommen sie mit mir." Die junge Stewardess führt Ricarda zum Waschraum und zieht den Vorhang hinter ihnen zu.

Eine halbe Stunde später, nachdem die Flugbegleiterin ihr Handgepäck geholt hat und Ricarda sich, unterbrochen von stechenden Schmerzen, notdürftig umgezogen hat, geht sie mühsam zu ihrem Platz zurück. Als sie sich endlich seufzend zurücklehnt, beugt Elena Rodrigues sich mitfühlend über sie.

„Geht es ihnen besser, Kindchen?"

„Noch nicht ganz", antwortet Ricarda, als bereits die nächste Schmerzwelle sie durchfährt. Sie spürt, wie die Frau sie prüfend ansieht.

„Ach ich kenne das, bei unserm vierten bin ich gerade noch rechtzeitig in den Entbindungssaal gekommen. Dann ging's auch schon los."

„Was ging dann los?" stöhnt Ricarda und bäumt sich auf.

„Na die Presswehen."

„Ach was", schüttelt die junge Frau unwillig den Kopf.

Die Stewardess nähert sich freundlich lächelnd „Brauchen Sie noch irgendetwas?", fragt sie.

„Wir müssen die junge Frau hier rausbringen, antwortet Elena Rodrigues mit einem bedeutungsschweren Blick auf Ricarda. „Ich helfe ihnen dabei."

Die beiden Frauen stützen Ricarda beim Gehen. Vorne in der Maschine angekommen, bittet die Stewardess die Passagiere aus der ersten Reihe, aufzustehen und ihnen ihre Plätze zur Verfügung zu stellen, wegen eines Notfalls. Ricarda kann sich nun auf den drei vorderen Sitzen ausstrecken.

Die Stewardess ist sichtlich in Panik, als sie die Tür zum Cockpit öffnet, um den Flugkapitän davon in Kenntnis zu setzen, dass ihnen an Bord eine Geburt bevorsteht.

Elena Rodrigues schiebt Ricarda, die erleichtert feststellt, dass die Schmerzen etwas nachgelassen haben, ein Kissen unter.

„Kein Grund zur Sorge Kindchen, aber sie werden ihr Baby höchstwahrscheinlich im Flugzeug bekommen."

„Wie kann das sein?" fragt Ricarda verblüfft. „Ich habe überhaupt nicht gemerkt, dass ich schwanger bin."

„Und doch ist ihre Fruchtblase vorhin geplatzt und nun haben sie Wehen. Ach ja, wir Menschen sind doch so viel unbeholfener als Tiere", lacht Elena. „Wir hatten mal einen Hammerhai im Zoo", fährt sie fort, „ein Weibchen. Es hat ein Junges zur Welt gebracht, ohne dass es jemals Kontakt zu einem Männchen hatte."

„Sachen gibt's."

„Eine sogenannte Jungfernzeugung, ohne Sex."

„Also Sex hatten wir schon", meint Ricarda schwach. Doch ihr ist nicht zum Lachen zumute. Verzweiflung macht sich in ihr breit. Sie konnte doch hier kein Kind zur Welt bringen, in einem Flugzeug, vor allen Leuten, mitten in der Öffentlichkeit.

„Das kann doch nicht sein!" entfährt es ihr entsetzt.

„Doch wirklich", fährt Elena fort, ohne zu begreifen, dass Ricarda ihr überhaupt nicht mehr zugehört hat. „Wir haben den kleinen Hai untersuchen lassen. Die genetische Analyse zeigte keinerlei Erbmaterial, das von einem Vater stammen könnte.

Ricarda schreit erstickt auf. „Es geht wieder los, oh Gooott, ich halte das nicht aus."

„Atmen sie ganz ruhig, hier, nehmen sie meine Hand. Und dabei ist die eingeschlechtliche Vermehrung gar nicht mal so selten.

Ja, drücken sie ruhig ganz fest."

Die junge Stewardess taucht wieder auf, sie ist sichtlich aufgewühlt. „Sowas habe ich noch nie gemacht", flüstert sie ängstlich.

„Oh je, oh je, die Arme. Noch zwei Stunden bis zur Landung. Es wird doch hoffentlich alles gut gehen."

„Keine Sorge, wir kriegen das schon hin", beruhigt Elena und streicht Ricarda über die schweißnasse Stirn.

Die Presswehen werden von Mal zu Mal stärker. Ricarda hält es im Liegen nicht mehr aus. Ächzend versucht sie sich aufzurichten. Mit Hilfe der beiden Frauen steht sie auf. Wieder durchschneidet sie der wütende Schmerz, zwingt sie auf die Knie." Ahhh", wimmert sie.

„Hecheln Sie beim Atmen, hecheln Sie wie ein Hund", dringt die Stimme der alten Dame durch ein Meer aus Schmerzen an ihr Ohr.

„Hecheln, hecheln! Pressen, jetzt müssen sie pressen. Ich kann bereits das Köpfchen sehen.

Noch einmal, so jetzt ganz vorsichtig. Jetzt!"

Ricarda spürt, wie das Baby aus ihr herausgleitet.

„Jawohl" ruft die alte Frau begeistert und nimmt das Kleine stolz in Empfang.

Die Nachgeburt, das Aufräumen und Putzen um sie herum nimmt Ricarda nur noch wie durch einen Schleier wahr.

Sie hält ein winziges Wesen in den Armen, ein kleines Mädchen, ihr Kind.

„Bitte schnallen Sie sich wieder an", ertönt die Stimme des Flugkapitäns aus dem Lautsprecher. „In wenigen Minuten erreichen wir „Santiago di Chile. Ich hoffe sie hatten einen angenehmen Flug."

DER AUSWANDERER

Christoph Ewen schreibt einen Brief nach Hause, datiert ist er auf den 1. Februar 1874. Darin schüttet er sein Herz aus und berichtet über alles, was er bis dato erlebt hat. Seit dem letzten Brief von daheim sind bereits vier Jahre und drei Monate verflossen.

Was haben seine Lieben wohl alles in diesen schrecklichen Kriegszeiten erlebt? Wie es ihnen wohl allen gehen mag? Den Älteren, Catharina, Helène, Jean-Pierre, Jean-Baptiste mit seiner Frau Marguerite? Was wohl aus Michel geworden ist, der ihm wegen der Papiere geschrieben hatte? Oder seine Lieblingsschwester Cathy? Und dann die beiden Jüngsten, Justine und Peter? Er hofft, dass sie alle gesund sind.

Ob Susanne jemand anderen geheiratet hat? Es durfte eben damals nicht sein. Ihr Vater hatte etwas Besseres für sie gewollt, nicht so einen armen Schlucker, wie ihn. Christoph hat Susanne jedenfalls nicht vergessen. Er spürt wie die alte Liebe zu ihr sich wieder regt. Vielleicht denkt sie ja auch noch manchmal an ihn.

Wo soll er anfangen zu berichten? Wollte Gott, dass sie alle hier wären. Am liebsten würde er sie herrufen, hätte er bloß mehr Geld. Sie könnten bei ihm wohnen und alle hätten genug zu essen und zu trinken. Spontan lädt er seine Verwandten ein, den Schritt zu wagen und zu kommen. Wenn sie nur das Geld aufbringen könnten, um die Reise zu bezahlen und ihm den Tag mitteilten, wann sie ab schifften und den Tag ihrer Ankunft. Am billigsten wäre es über Antwerpen, Havre oder Dünkirchen. Hier würden sie dann schon gleich die Möglichkeit haben, Geld zu verdienen. Schließlich hat er alles allein überstanden für sie und kennt sich aus mit Handel und Wandel, er kennt die Arbeitsmöglichkeiten im Land und mittlerweile auch die Sprache.

Nachdenklich kaut Christophe an seinem Federhalter. Es wird Zeit zu berichten, wie alles angefangen hatte, damals, bei seiner Ankunft in Brasilien.

Pernambucco

Es ist das Jahr 1866

Christoph Ewen fühlte sich bereits seit einigen Tagen unwohl. Gerade fröstelt ihn wieder. Stöhnend wälzt er sich auf seiner dünnen Matratze hin und her. Ihm ist abwechselnd heiß und kalt. Dazu dieses Ziehen in den Gliedern. Seine drei Zimmergenossen, mit denen er sich den kargen Raum unten am Hafen teilt, sind bereits unterwegs. Sie haben sich erst hier kennen gelernt. Eigentlich müsste auch er aufstehen, etwas essen, um einigermaßen zu Kräften zu kommen und sich anschließend ebenfalls auf den Weg machen. Nicht dass er viel zu essen gehabt hätte, im Gegenteil, seine wenigen Ersparnisse sind fast zu Ende und der trockene, dünne Maisfladen auf dem groben Holztisch ist das einzig Essbare, das noch vorhanden ist. Doch jegliches Essen ekelt ihn an.

So kann es nicht weitergehen, er muss endlich Arbeit finden. Seit er in Pernambucco angekommen ist, hält er sich mit Gelegenheitsjobs über Wasser. Christoph gibt sich innerlich einen Ruck, öffnet die Augen und richtet sich mühsam auf. Sogleich nimmt das beklemmende Gefühl in der Brust zu und bei dem Versuch aufzustehen befallen ihn rasende Kopfschmerzen. Er steht trotzdem auf. Ihm ist schwindlig. Nur kurz schließt er die Augen und auf einmal hat er Susannes liebliche Gestalt vor Augen. Wie hübsch sie doch am letzten Sonntag vor seiner Abreise ausgesehen hatte, in ihrem dunkelgrünen Rock und der weißen hochgeknöpften Bluse, die Haare mit einem Kamm aus Schildplatt hochgesteckt, so als hätte sie sich extra für ihn herausgeputzt. Das Herz schmerzt ihm in der Brust, so sehr verlangt ihn plötzlich nach ihr.

Er kommt erst wieder zu sich, als einer der Männer, es ist Ernesto, ihm grob unter die Achseln fasst, um ihn zurück aufs Bett zu hieven. Automatisch tastet er nach seinen paar Habseligkeiten, die liegen Gott sei Dank, noch neben seinem Lager. Dann ist er wieder allein. Ihm ist eiskalt und zitternd versucht er die dünne Decke über sich zu ziehen. Das ist das kalte Fieber, denkt er. Er hat heftigen Schüttelfrost und ihm ist sterbenselend zumute. Fast verzagt fleht er zu Gott, dass eine barmherzige Seele sich seiner annehmen möge. Denn hier in Brasilien kennt er weder die Sprache, noch hat er Bekannte und auch kein Geld.

Als er das nächste Mal die Augen öffnet, beugt sich ein junges Mädchen über ihn, eine Eingeborene. Sie lächelt schüchtern, hebt seinen Kopf ein wenig an und flößt ihm heißen Tee ein. Verwundert stellt er fest, dass er in einem andern Bett liegt. Der Tee wärmt ihn und nun breitet sich ein Hitzegefühl vom Gesicht über den ganzen Körper aus. Wechselfieber! Schläft er, so träumt er wirres Zeug von daheim. Susanne kommt in all seinen Träumen vor, doch wenn er aufwacht, ist fast jedes Mal das Mädchen an seinem Bett. Sie pflegt ihn monatelang wie ein kleines Kind, denn er kann weder gehen noch stehen.

Und immer noch kein Geld. Als er glaubt, es würde langsam etwas besser gehen, kommt der rasende Wurm. Wieder fast sechs Wochen ohne einen Schlag zu arbeiten.

Darauf eine starke Leberkrankheit, und als ob es damit nicht genug wäre, spaltet er sich beim Holzhacken mit der Axt den Fuß. Es ist zum Verzweifeln. Maria redet ihm gut zu, sagt, er müsse den Fuß ruhig halten. Es geht nicht anders, er sieht es ein, sonst fängt die Wunde gleich wieder an zu bluten.

Dann endlich! Ein Brief von zuhause. Seine Geschwister beklagen sich darüber, dass sie so lange nichts von ihm gehört haben und teilen ihm den Tod der Mutter mit. Christoph rechnet nach und erkennt, dass sie bereits vor über einem Jahr gestorben ist.

Erst viel später kann er sich über die gute Nachricht freuen. 1867 war es zur Luxemburgkrise gekommen Nach den ganzen Unruhen und nachdem sogar Napoleon es kaufen wollte, hat Luxemburg bei der Londoner Konferenz im Mai 1867 die Unabhängigkeit erhalten.

Erst einmal kommen die Tränen und er kann sich lange nicht trösten. Trauer und Heimweh überfallen ihn mit gewaltiger Kraft. Christoph sieht das Grab seines Vaters vor sich, nun muss er sich auch das der seligen Mutter vorstellen. In seiner Erinnerung war noch alles so gewesen, wie bei seiner Abreise. Still weint er vor sich hin.

Auf einmal spürt er Marias weiche Wange an seiner, ihre sanften tröstenden Worte. Er schlingt die Arme um sie, klammert sich an sie. Dann überschwemmt eine Woge von Gefühlen die beiden.

„Du Liebe", sagt er endlich zärtlich, „wie soll ich dir jemals vergelten, was du alles für mich getan hast?" Dann weiß er es plötzlich und bietet ihr spontan seine Hand an. Sie nimmt sofort an, denn sie hat ihn schon lange lieb.

Marias Familie kommt aus Portugal, sie selbst ist in Brasilien geboren. Doch ehe sie heiraten können, wird Christoph wieder krank. Diesmal ist es das gelbe Fieber, das ihn schwächt. Kaum genesen, kommt wieder ein Rückfall. Danach erholt er sich langsam. Am 6. November 1871 wird endlich geheiratet. Die Hochzeit ist einfach, sie haben beide kein Geld, doch sie sind glücklich. Maria ist ehrlich und arbeitsam. Sie scheint zu spüren, wenn er sie braucht und kommt auf den leisesten Wink zu ihm.

Ihre Situation verbessert sich, als Christoph Angestellter in einer Schnupftabakfabrik der Stadt wird. Es ist gut, denn Maria erwartet ihr erstes gemeinsames Kind. Er verdient jährlich 750 Taler, dazu haben sie Wohnung, Wasser, Holz, Gemüse und Früchte. Elf Monate nach der Hochzeit kommt Ritta zur Welt. Christoph ist inzwischen Aufseher über die Sklaven und hat fünfzig Neger zu kommandieren. Die Herrschaft erwartet von ihm, dass er sie unter strenger Pflicht hält. Doch Christoph hält nichts von der Peitsche. Mit guten Worten erzielt er mehr Arbeit als andere Aufseher, welche die Sklaven bei der geringsten Kleinigkeit auspeitschen. Nach sechs Monaten würde jeder der Schwarzen sein Leben für ihn geben, da er sie gut behandelt. Auch die Herrschaft erkennt seinen Dienst an und schätzt ihn sehr hoch. Überhaupt ist Christoph inzwischen in ganz Pernambucco bekannt und angesehen. Geht er durch die Stadt, wird er überall ehrerbietig gegrüßt. Das Schicksal hatte es zuerst hart mit ihm gemeint, doch nach einem schweren Anfang geht es ihm nun gut. Inzwischen ist er dreißig Jahre alt und die kleine Ritta ist heute bereits sechzehn Monate. Sie ist artig und spricht schon so manches. Maria ist eine gute Frau, was will er mehr?

Und doch! Am liebsten würde er weiter ins Land ziehen und selbst eine Pflanzung anlegen. Seine Gesundheit ist nicht die beste und außerdem wäre es besser im eigenen Haus zu leben. Wenn er selber Hausherr ist, hat er niemand Rechenschaft abzulegen. Es gäbe viele Möglichkeiten: Zuckerrohr, Kaffee, Bohnen und Reis, Maniok woraus man das hiesige Mehl herstellt, sogar Süßkirchen würden hier gedeihen. Das ganze Jahr über kann man pflanzen und ernten und es ist immer warm.

Als er den Brief beendet hat, liegt es wie ein harter Stein auf seinem Herzen, ob all der Ungewissheit in der Heimat. Wie lange es wohl wieder dauern wird, bis ein Brief mit Neuigkeiten aus Luxemburg ihn erreicht?

BRUNO - VERHEERENDE DIAGNOSE

Elodie spielte Klavier, als Bruno ins Wohnzimmer eintrat und ihr irgendetwas zurief.

„Bruno ich muss üben", antwortete sie und spielte weiter, ohne auf das zu hören, was er sagte. Bruno kam näher und drückte ein paar Tasten, wobei er Elodie provozierend ansah.

„Hör bitte auf!" kam es ärgerlich von seiner zwei Jahre älteren Schwester. Daraufhin sprang Bruno auf dem Sofa hin und her und schrie seiner Schwester Schimpfwörter zu. „Zicke, Zicke, Elodie ist zickig."

„Mama", rief Elodie laut, „Bruno nervt!"

Alissa streckte den Kopf zur Tür hinein und mahnte: „Vertragt euch doch! Bruno, komm bitte vom Sofa runter." Bruno ignorierte sie, sprang weiter und schrie wiederum: „Zicke, dumme Zicke".

„Bruno, du hörst jetzt auf, ich will nichts mehr hören!"

Bruno, als ob ihm noch was Gescheiteres eingefallen wäre, mit vollem Genuss: „Opfer, du bist ein Opfer."

Dann sprang er vom Sofa auf Elodie zu, rempelte sie grob von der Seite an und haute in die Tasten des Klaviers. Alissa versuchte ihn am Arm wegzuziehen, doch er riss sich los, während Elodie fluchtartig das Wohnzimmer verließ.

„Verpiss dich", schrie Bruno völlig außer sich, „verpiss dich endlich. Lass mich in Ruh, lass mich in Ruh!" Damit lief er raus, knallte die Tür zu, sprang schreiend die Treppe runter und zur Haustür hinaus, die ebenfalls mit einem lauten Krachen ins Schloss fiel.

Alissa sank erschöpft in einen Sessel. Es hatte keinen Sinn Bruno nachzulaufen, das würde es nur noch verschlimmern. Schon wieder war er ausgerastet, bereits das zweite Mal für heute. Und dann sein ständiges Überdreht sein! Sie konnte einfach nicht mehr. Für einen kurzen Moment genoss sie die eingetretene Ruhe fast. Doch sie wusste, Elodie hatte sich in ihrem Zimmer eingeschlossen und weinte, und die Auseinandersetzung mit Bruno stand auch noch bevor.

Alissa fühlte sich wieder einmal als komplette Versagerin. Die ständigen Selbstvorwürfe, die sie sich wegen der Erziehungsschwierigkeiten mit ihrem jüngsten Sohn machte, fraßen sie regelrecht auf. Sie war nur noch ein Schatten ihrer selbst. Tagsüber war sie nervös und unruhig, immer darauf gefasst, dass er wieder etwas anstellte. Nachts wachte sie ständig auf und fragte sich, was sie denn noch tun könnte, um Bruno zu helfen. Dann lag sie stundenlang wach und dachte darüber nach, was sie falsch machte. Die Verantwortung für dieses Kind fing an, ihr als Mutter über den Kopf zu wachsen. Seine Geschwister beschwerten sich auch schon, weil alles sich nur noch um Bruno drehte. Und Marco, mit fünf Jahren der Jüngste, hatte manchmal richtig Angst vor ihm.

Schließlich redete Vicky, ihre Freundin und Brunos Patentante, ihr ins Gewissen und meinte, Alissa dürfe sich nicht länger so viele Vorwürfe machen. Sie habe in der Erziehung nichts falsch gemacht. Mit einem Kind wie Bruno sei das Leben nun mal sehr anstrengend. Es hatte ihr gut getan, das zu hören. Ihr Mann tat sein Bestes, er war einfühlsam und sensibel, und er unterstützte Alissa liebevoll, wo er nur konnte. Leider war Nico wegen seiner Arbeit oft wochenlang verreist. Zurzeit hielt er sich für drei Monate in Indien auf.

Wie gut, dass sie Vicky hatte. Da sie selbst keine Kinder hatte, machte es ihr Freude, manchmal etwas mit ihrem Patenkind zu unternehmen. So kam Alissa wieder etwas zur Ruhe.

Die Lehrerin schlug vor, Bruno einmal untersuchen zu lassen. Er sei so zappelig in der Klasse und könne sich nicht gut konzentrieren. Schließlich gab sie dem Druck nach und ging mit ihm zum Kinderpsychiater.

Nach etlichen Tests, einer Beobachtungsphase und einem erneuten Gespräch mit dem Psychiater, wurde bei Bruno ADHS diagnostiziert, AD(H)S, weil er zusätzlich hyperaktiv sei.

ADS stehe für Aufmerksamkeitsdefizitstörung, erklärte der Kinderpsychiater. Das sei eine Hirnstoffwechselstörung. Es handle sich dabei um eine mangelhafte Durchblutung in bestimmten Hirnarealen. Dies habe zur Folge, dass die, für die Reizübertragung zuständigen Botenstoffe Dopamin, Noradrenalin und Serotonin in unzureichender Menge ausgeschüttet und/oder zu schnell abgebaut würden. Die Impulsübertragung vom Frontalhirn zu tiefer liegenden Hirnstrukturen sei gestört.

Als Alissa seinen Monolog unterbrach und fragte, wie die Diagnose ADHS denn medizinisch zu erklären sei, antwortete der Arzt, dies sei nicht möglich, es gäbe keine Labortests, man könne die Krankheit eigentlich nur am Verhalten feststellen.

Es gäbe heutzutage zigtausende Kinder mit diesem Problem.

Als ob das ein Trost wäre!

Er vermute, dass auch Brunos motorische Unruhe, ein für ihn unbewusster Versuch sei, die Durchblutung anzuregen und den Botenstoffhaushalt ins Gleichgewicht zu bringen.

Daraufhin hatte er ihm Ritalin verschrieben. Damit könne Bruno sich besser konzentrieren und so würde es auch in der Schule klappen.

Eigentlich wollte Alissa ihrem Kind keine Psychopharmaka geben, doch was gab es für eine Alternative? Zuhause rief sie Nico an, um ihm von den Ergebnissen zu berichten.

„Wir probieren es einfach mal für eine Weile aus", meinte ihr Mann, „dann sehen wir weiter." Auch er ermahnte Alissa, die Schuld für Brunos Verhaltensauffälligkeiten weder bei sich selbst, noch bei seiner häufigen Abwesenheit zu suchen. Das Medikament würde nicht zuletzt auch ihr helfen. Wenn erst Bruno ruhiger wäre, käme sie selbst auch mal ein bisschen herunter.

Inzwischen zweifelte Alissa daran, dass dieses chemische Zeug eine gute Lösung war.

In der Schule schien Bruno zu funktionieren. Weil es zuhause aber noch problematisch war, erhöhte der Kinderpsychiater die Dosis. Bruno solle nun auch nachmittags eine Tablette nehmen.

Seit einiger Zeit klagte Bruno darüber, dass er alles so verschwommen sehe. Sie gingen zum Augenarzt und Bruno bekam eine Brille. Außerdem litt er unter Schlafstörungen.

Er hatte Alissa von seinen negativen Gedanken erzählt, die ihn neuerdings plagten. Ihr fiel der Satz wieder ein, den er, in einer eigentlich alltäglichen Situation, bei Tisch von sich gegeben hatte. Wie immer in letzter Zeit, musste sie ihn drängen etwas zu essen, damit er sein Medikament nicht auf rohen Magen nahm. Doch Bruno hatte wieder mal keinen Appetit gehabt. Plötzlich, mitten in der Auseinandersetzung, hatte er aufgeblickt, sein Gesicht war zu einer starren, verzweifelten Grimasse verzogen.

„Warum soll ich noch essen?", hatte er wütend und mit bleichem Gesicht ausgerufen und dabei am ganzen Leib gezittert. Seine Stimme hatte sich überschlagen, „damit du es weißt, ich will überhaupt nicht mehr leben."

Alissa war entsetzt, sie erkannte ihren Sohn fast nicht wieder. So extrem hatte er doch früher nie reagiert.

Heute gab es wieder einen Ausraster beim Mittagessen. Marco sah ängstlich zu seinem großen Bruder hinüber.

„Glotz nicht so blöd!" kam es drohend von dort.

Der Kleine fing an zu weinen.

„Bruno, jetzt hörst du aber auf!", mahnte Alissa. Was zur Folge hatte, dass Bruno vom Tisch aufsprang, sein Glas umstieß, das Wasser sich über den Tisch ergoss und sein Stuhl krachend umkippte. Die Tür hinter sich zuschlagend, verschwand er in seinem Zimmer.

So konnte es einfach nicht mehr weitergehen!

Am Samstagnachmittag kam Vicky vorbei. Sie wollte Bruno abholen und mit ihm ins Kino gehen. Bevor Bruno herunterkam, ergriff Alissa die Gelegenheit und klagte Vicky ihr Leid. Sie erzählte ihr von Brunos Stimmungsschwankungen.

„Ich frag mich, wieso er so negativ und depressiv ist", sie sah Vicky hilfesuchend an, „ob es mit diesem Ritalin zu tun hat?"

„Ich habe Bruno ja eine Weile nicht gesehen", meinte die Freundin nachdenklich, „so kann ich das nicht beurteilen. Aber wir werden heute den ganzen Nachmittag zusammen verbringen und am Abend unterhalten wir uns dann nochmal darüber, okay?"

„Ja gern", seufzte Alissa.

Da kam Bruno auch schon die Treppe herunter. Sein Gesicht hellte sich auf, als er Vicky erblickte. Er mochte seine Patentante. Die beiden zogen los und Alissa atmete erleichtert auf. Endlich hatte sie mal wieder ein paar Stunden für sich und die beiden andern. Sie fühlte sich allerdings zu erschöpft, um viel mit Marco und Elodie zu unternehmen und war froh, als die beiden friedlich im Garten spielten.

Als Vicky nach dem Kino und anschließendem Besuch bei Mac Donalds mit Bruno zurückkam und sie noch bei einem Glas Wein saßen, fragte Alissa.

„Na wie war's?"

„Was ist bloß mit dem Jungen los?" Vicky schüttelte fassungslos den Kopf. „Man kennt ihn fast nicht wieder. Er hat auch so viel abgenommen!"

„Kein Wunder, er isst ja fast nichts."

„Und dann diese nervösen Gesichtszuckungen die ganze Zeit."

Alissa nickte, sie war froh, sich endlich aussprechen zu können. Nachdem sie einen Schluck Wein getrunken hatte, stellte sie ihr Glas nieder und nahm einen Zettel vom Couchtisch.

„Weißt du Vicky, vorher ging's Bruno nicht gut, aber jetzt geht es ihm noch viel schlechter. Mein Verdacht ist, dass es mit diesem Medikament zusammenhängt. Ich habe mal die Liste der möglichen Nebenwirkungen von Ritalin durchgesehen. Da muss man sich unwillkürlich die Frage stellen, wie gewissenlos ein Psychiater oder Arzt sein muss, der einem Kind dieses chemische Zeug verschreibt. Hör dir das mal an!"

Sie las vor. „Erhöhter Blutdruck, erhöhte Herzfrequenz, beschleunigte Atmung, erhöhte Körpertemperatur, gedämpftes Hungergefühl, Magenschmerzen, Gewichtsverlust, Wachstumsstörungen, verschwommenes Sehen, Gesichtszuckungen, Muskelzuckungen."

„Da trifft schon eine Menge auf Bruno zu", unterbrach Vicky erstaunt.

„Genau!", erwiderte Alissa und machte eine kleine Pause. Sie warf ihrer Freundin einen bedeutungsschweren Blick zu. „Es geht noch weiter", wütend schlug sie mit der Hand auf den Beipackzettel und fuhr fort. „Schlaflosigkeit, Euphorie, Nervosität, Reizbarkeit, Erregung, psychotische Phasen, gewalttätiges Verhalten, paranoide Wahnvorstellungen, Halluzinationen..."

„Das klingt ja richtig gefährlich."

„Bruno schläft schlecht, er ist nervös und schnell gereizt. Wir sehen alle hervorragend, noch niemand brauchte eine Brille, außer meiner Mutter, ihre Lesebrille. Und Bruno sieht plötzlich alles verschwommen und muss eine Brille tragen." Alissa atmete einmal tief durch und schloss dann seufzend. „Verstehst du, all das trägt dazu bei, dass ich das Ganze immer mehr in Frage stelle."

„Mir geht es genauso", stimmte ihr Vicky zu, „wie kann man bloß gleich so ein gefährliches Medikament verschreiben!"

Die beiden Frauen schwiegen einen Moment bedrückt.

Nach einer Weile überlegte Vicky weiter. „Die Frage ist, wie kann man Bruno sonst helfen? Er hat schließlich Probleme."

„Was habe ich nur falsch gemacht bei diesem Kind?" jammerte Alissa.

„Jetzt fang bloß nicht wieder an, dich selbst anzuklagen!"

„Wenn nicht meine falsche Erziehung das Resultat von Brunos auffälligem Verhalten ist, wer oder was ist dann Schuld, dass mein Kind, dieses sogenannte ADHS hat, und mit ihm unzählige andere? Ist es ein gesellschaftliches Problem unserer heutigen Zeit?"

„Vielleicht kommt es durch den ganzen Stress heutzutage, denke doch nur mal an den Druck in der Schule! Die Kinder haben nicht mehr viel Gelegenheit draußen herumzutoben, ihr Tag ist verplant und in ihrer Freizeit hängen sie an ihren Smartphones."

Resigniert wiegte Alissa den Kopf hin und her. „Wir wissen ja selbst wie das ist, abends kommt man erschöpft von der Arbeit und setzt sich zuhause vor die Glotze."

Daraufhin meinte Vicky resolut. „Weißt du was, Alissa, wir werden der Sache auf den Grund gehen. Wer stellt denn meist die Diagnose? Das sind doch die Psychiater!"

Alissa war dankbar für Vickys Unterstützung, hatte sie doch bisher allein herum gesucht und gegrübelt.

Sie fingen an, im Internet zu recherchieren. Zuerst stießen sie nur auf Beiträge, in denen die Wirkung von Methylphenidat, also unter anderem auch Ritalin, gepriesen wurde. Nach einiger Zeit jedoch wurden sie fündig.

Hier kamen Wissenschaftler und Forscher zu Wort, die das Medikament kritisch beurteilten.

Die Droge Ritalin werde überaktiven, intelligenten Kindern verschrieben, um sie ruhig zu stellen, mahnte ein Wissenschaftler. Dabei könne Ritalin AD(H)S nicht heilen. Es dämpfe nur die Symptome ab.

Methylphenidat – eine Einstiegsdroge, eng verwandt mit der Partydroge Speed. Diese Mittel zählen zu den gefährlichsten Drogen überhaupt. Sie machen ebenso stark abhängig und können sich mit ihren Wirkungen locker mit Crack messen. Mittlerweile sind Millionen von Kindern ritalinsüchtig. Nebenwirkungen: Reiche Pharmafirma, abhängige und vertrottelte Kinder. Die später, als Erwachsene, selbstverständlich weiterhin auf Medikamente angewiesen sind.

Ein weiterer Forscher erklärte, eigentlich sei Ritalin ein Stimulans. Dass die Kinder davon ruhig wurden, beruhe auf einer Maximalausschüttung von aktivierenden Stoffen, danach seien die Speicher leer, die Ruhe sei eine Erschöpfung. Füllten sich die Speicher wieder, gebe es die nächste Ritalin-Dosis. Das führe zu bleibenden Gehirnschäden, wie bei allen Rauschgiften.

Woher kam denn nun dieses AD(H)S, an dem immer mehr Kinder litten? Als mögliche Ursachen wurden unter anderem falsche Ernährung, Mobilfunk, Ultraschall und Impfungen genannt.

Alissas Kinder hatten sämtliche Impfungen erhalten. Sie wollte sie so gut wie möglich vor Krankheiten schützen. Jetzt las sie in einem Bericht, dass Schwermetallbelastungen, wie das hochgiftige Quecksilber, das in vielen Impfstoffen enthalten ist, zu ernsthaften Problemen führen könnten. Aggression und Lethargie, außerdem Verhaltens- und Konzentrationsstörungen und Müdigkeit seien die Folge. Genau die Symptome, die auch Bruno hatte. Statt ihn vor Krankheiten zu schützen, hatten diese Impfungen wohl eher zu Brunos Beschwerden beigetragen.

Ein Neurobiologe und Hirnforscher sagte, das Gehirn von Kindern entwickle sich selbst. Dafür brauchten Kinder Erfahrungen, aber die machten sie zu wenig. Regulierte das Medikament das Gehirn, habe das Kind bald keine Impulskontrolle mehr, es sei nicht mehr fähig, ein bisschen Frust auszuhalten oder eine Handlung zu planen.

Alissa erzählte von Sunny, einem der Zwillinge ihrer älteren Schwester.

„Sunny war von klein auf so ein richtiger Zappelphilipp, lebhaft, lustig, spontan und kreativ, einfach nicht zu bändigen. Heute ist er zweiundzwanzig und hat sich als Künstler bereits einen Namen gemacht. Hätte meine Schwester ihn untersuchen lassen, man hätte bestimmt ADHS bei ihm diagnostiziert. Durch Ritalin wären seine ganze Kreativität und Begabung zum Teufel gewesen."

Vicky nickte zustimmend. „Du hast Recht."

„Ich jedenfalls", folgerte Alissa entschlossen, „werde meinen Sohn nicht länger mit dieser Droge vergiften."

Einfach mit dem Ritalin aufzuhören, traute sie sich dann doch nicht. Der Kinderpsychiater wollte auch nichts davon wissen. Bruno brauche das Medikament, behauptete er.

Schließlich fanden sie einen richtig guten Therapeuten. Der bezog die Familie mit ein und erklärte ihnen, worauf es ankommt. Es sei wichtig, dass Kinder Verantwortung lernten und das geschehe am besten, indem sie sich um etwas kümmerten. Zudem hätten Kinder heute zu wenig

Gelegenheit, zu erfahren, wie schön es ist, wenn man einen Impuls unterdrückt, weil man etwas besonders gut hinkriegen möchte.

Als Nico zurück aus Indien war, kam er mit zu den Sitzungen. Auch machten sie sich zusammen mit Bruno, Marco und Elodie Gedanken, was sie zuhause ändern könnten.

Die Kinderpsychiaterin, die ihnen der Therapeut empfahl, verschrieb nur im Notfall Psychopharmaka. Sie hatte die Dosis sofort reduziert und danach ganz abgesetzt.

Bruno litt allerdings einige Tage unter dem Ritalinentzug. Angst, Übelkeit und Bauchkrämpfe plagten ihn, außerdem war er sehr erschöpft. Es war genau wie bei einem Drogenentzug. Alissa nahm sich frei und behielt ihn einige Tage zu Hause, sie gingen im Wald spazieren und machten am Abend draußen ein Lagerfeuer. Langsam ging es Bruno besser.

Weiterhin informierte Alissa sich über eine gesündere Ernährung. Davon versprach sie sich viel. Elodie hatte Spaß am Kochen und so bereiteten sie gemeinsam schmackhafte, gesunde Mahlzeiten zu. Es gab nun weniger Fertiggerichte und Fastfood. Und Bruno schien gut darauf zu reagieren.

Natürlich hatten sie noch einen Weg vor sich und Bruno war nun mal ein lebhafter, impulsiver Junge, der sich nicht gern etwas sagen ließ.

Mit ihrem Vater zusammen bauten die Kinder einen Hühnerstall. Bruno arbeitete begeistert mit und konnte so gute Erfahrungen sammeln. Nico ermutigte die Kinder, selbst Verantwortung zu übernehmen. Schon bald gab es zuhause einen Gemüsegarten, wo man gemeinsam drin arbeitete und ein paar Hühner auf der Wiese. Elodie sammelte jeden Tag die Eier ein, Marco durfte die Hühner füttern und Bruno mistete am liebsten den Stall aus und jagte das Hühnervolk hinaus auf die Wiese.

Und wenn ihr Zappelphilipp ihr mal wieder zu anstrengend wurde, bot sich Vicky an, ihn zu betreuen. Dann konnte sie mal wieder etwas Besonderes mit den beiden andern unternehmen. Oder sie gönnte sich selbst eine kleine Auszeit.

MAXIMS KINDHEIT

Weißt du

Weißt du wie verzweifelt ich war
Wie häufig ich wach lag nachts
Mich quälend sorgte
Um dich?

Ich wollte dein Schicksal wenden
Mein Kind bewahren
Du solltest nicht enden
Wie er!

War alles umsonst was ich tat
Mich bemühte, dir rat?
Nein! Ich hoffe noch
Auf Ihn!

Joelle

Im Februar 2000 war es endlich soweit, Joelle wurde die Bombe los. Die Bombe, die sie bei allem behinderte, was sie tat, und die sie ihrer Freiheit beraubte. Denn trotz der, durch ihren dicken schwangeren Bauch verursachten Einschränkung, haute Joelle sogar während der Schwangerschaft mehrmals für einige Tage ab, um auf Sauf- oder Drogentour zu gehen. Im Ort wurde sie von den Leuten nur noch „die Matratze" genannt. Sie war bereit, sich für eine Flasche Cognac zu verkaufen. Eigentlich war Joelle recht hübsch, doch ihre schlechten Zähne, die sichtbar wurden, wenn sie lachte, und ihr vom Alkohol aufgedunsenes Gesicht, ließen sie verlebt und älter aussehen, als sie tatsächlich war. Dabei war sie gerade erst vierundzwanzig geworden.

Joelle hatte keine schöne Kindheit hinter sich. Sie war noch klein, als sie ihrer Mutter bereits die Heroinspritze zubereiten musste. Das kam öfters vor, besonders wenn die Mutter auf Entzug war und zu zittrige Hände hatte, um die Spritze selber aufzuziehen. War Joelle zu langsam oder stellte sie sich dabei ungeschickt an, bekam sie Schläge. Deswegen hat sie auch bis heute panische Angst vor Spritzen.

Bereits als kleines Kind verbrachte sie einmal eine längere Zeit im Therapiezentrum Klomberger Hof, ihre Mutter machte dort eine Therapie.

Jahre später, als sie selbst drogenabhängig war und schließlich zur Therapie auf den Hof kam, lernte sie dort Damien kennen. Joelle und Damien verliebten sich ineinander. Liebesbeziehungen waren unter den Teilnehmern nicht erlaubt, trotzdem kamen die beiden heimlich zusammen.

Eines Tages stellte Joelle fest, dass sie schwanger war. Zu der Zeit befand sie sich noch in der Nachsorge. Diese brach sie im Dezember 1999 ab und zog mit ihren beiden Töchtern Marilyn und Anita zu Damien, der bereits im Rahmen des betreuten Wohnens, in einer kleinen Mietwohnung außerhalb des Therapiezentrums lebte. Joelles beide Kinder stammten aus ihrer Ehe mit Ali, einem Afrikaner.

Die kleine Familie wurde in der Folgezeit vom Jugendamt im Rahmen der Sozialpädagogischen Familienhilfe betreut. Joelle zeigte zuerst auch erfolgversprechende Ansätze. Sie war kooperativ, und die Basis zwischen ihr und der Familienhelferin war gut. Ende Januar, einige Wochen vor dem Geburtstermin kam es zu einem Rückfall. Joelle nahm die beiden Mädchen und verschwand in die Frankfurter Drogenszene. Damien wusste gleich, dass sie dort war. Nach ihrer Rückkehr zeigte sie sich reue- und einsichtsvoll.

Etwa drei Wochen zu früh erblickte Maxim Bailey das Licht der Welt. Der zarte kleine Junge wog bei seiner Geburt immerhin zweitausenddreihundertfünfzig Gramm, bei einer Körperlänge von achtundvierzig Zentimetern. Er musste zwar noch für eine Weile in den Brutkasten, aber sonst war er gesund. Was ein Wunder war, bei Joelles Lebensstil während der Schwangerschaft und bei den Rückständen von all dem Gift, das Damien sich jahrelang in den Körper gepumpt hatte.

Joelle wollte sich nicht mit Stillen abplagen und so wurde Maxim mit der Flasche gefüttert.

Es dauerte nicht lange, bis Joelle, bereits eine Woche nach der Entbindung, zum ersten Mal wieder aus der gemeinsamen Wohnung verschwand. Damals befand sich ihr Baby noch auf der Frühgeborenen Station. Joelle ging trotzdem auf Tour. Die einjährige Anita und die dreijährige Marilyn nahm sie mit. Gar nicht auszudenken, was die Kinder alles mit ansehen mussten. Zuerst wusste Damien nicht, wo sie sich aufhielten. Dann stellte sich heraus, dass Joelle die Mädchen bei Ali, dem leiblichen Vater, abgegeben hatte. Damien machte sich die größten Sorgen. Deswegen teilte er auch dem Jugendamt seine Befürchtungen mit, nämlich dass der leibliche Vater völlig ungeeignet für die Erziehung und Versorgung der beiden Mädchen sei.

Manchmal sah es fast so aus, als gäbe es eine Chance für Maxim, mit seinem Vater, seiner Mutter und seinen beiden Halbschwestern ein echtes Familienleben zu erleben. Es gab herrliche Momente, wo sie alle zusammen im Bett kuschelten und schmusten. Die beiden kleinen Mädchen spielten mit Maxim, sie hatten ihn gern und auch er liebte es, wenn sie ihn knuddelten. In solchen Momenten war es nicht so schlimm, dass Joelle nicht kochen konnte und einfach die geöffnete Suppendose auf der Gasflamme aufwärmte, damit die Kinder etwas zu essen hatten. Mit Damiens Kochkünsten stand es da schon besser und manchmal kochte er abends nach der Arbeit oder am Wochenende ein Pfannengericht, das sie gemeinsam vor dem Fernseher aßen. Im Gefängnis hatte er eine Zeitlang in der Küche gearbeitet und dabei so einiges gelernt.

Leider gab es nicht viele solcher harmonischer Momente. Damien musste ständig darauf gefasst sein, dass Joelle wieder verschwand. Sie war unzuverlässig und unberechenbar. Keineswegs die fürsorgliche Mutter, die ihre Kinder gebraucht hätten. Wäre Damien nicht gewesen, der kleine Maxim hätte niemand gehabt, der sich um ihn kümmerte.

Auch ihre Betreuerin fand, dass von Joelle eine Gefährdung für ihre Kinder ausging. Insbesondere dann, wenn sie sich mal wieder mit ihnen absetzte, um sich im Drogenmilieu aufzuhalten. Damien war ja selbst noch nicht stabil genug, dass er das alles einfach so wegstecken konnte.
Kam Joelle zurück, gab es Streit und neue Alkoholexzesse. Oder sie war auf Crack, was fast noch schlimmer war. Daher auch Joelles schlechte Zähne. Crack hat einen sehr hohen Abhängigkeitsgrad. Durch seine enorme Reinheit ist es sogar gefährlicher als normales Kokain. Durch die enorme und kurze Wirkung und das darauffolgende unglaubliche Tief, ist der Abhängigkeitsgrad höher, als bei anderen Drogen. Crack wird geraucht und wirkt über die

Lunge viel schneller, als das Kokain, das gesnifft wird. Die Wirkung hält allerdings nur 15 Minuten an, was zu einem starken Verlangen nach einem neuen Rausch führt. Während des Rausches fühlt man sich euphorisch, voller Energie, Crack wirkt entängstigend und steigert die Kontaktfähigkeit und die Sexualität. Joelle trieb sich in den Kneipen herum und wenn sie auf Crack war, ging sie mit irgendjemand ins Bett. Nach der aufputschenden Wirkung kam sie niedergeschlagen und depressiv zurück. Das Runterkommen von Crack ist extrem anstrengend, die Entzugserscheinungen sind kaum auszuhalten. Das alles wirkte sich natürlich negativ auf die Beziehung zu Damien aus.

Damien

Es war wirklich nicht leicht für Damien. Wenn Joelle es wieder mal übertrieb, flippte er des Öfteren aus. Ein Rückfall seinerseits war unter diesen Umständen fast vorprogrammiert. Wie lange er dem allen noch standhalten konnte, war nur eine Frage der Zeit.

Auch Damien kam aus einer zerrütteten Familie. Sein Vater war ständig betrunken und fing, wenn er nach Hause kam, Streit mit der Mutter an. Oft schlug er sie und die Kinder mussten während des Streits im Dunkeln auf einer Bank sitzen. Sie durften weder aufstehen noch spielen und am besten keinen Mucks von sich geben.

Die vier Geschwister, drei Jungs und die Jüngste ein Mädchen, galten in der Ortschaft als verwahrlost und die Familie als asozial. Raym, der Älteste war ein paar Jahre älter als Damien, nach ihm kam der zwei Jahre jüngere Mick und die vier Jahre jüngere Georgette.

Immer wenn Damiens Vater nach Hause kam, befühlte er zuerst die Glühbirne. War sie warm, wusste er, dass wieder

Licht gebrannt hatte und es gab Krach. Wenn der Vater auf der Arbeit war, nutzte Damien die Gelegenheit, um nach der Schule im Dorf herumzustreunen. Er hatte keine Eile in ein Haus zurückzukehren, wo auch die Mutter mittlerweile aufgegeben hatte. Um ihrem Elend für ein paar Stunden zu entkommen, hatte auch sie angefangen zu trinken. In ihrem betrunkenen Zustand nahm sie sich dann immer öfters Raym, den ältesten, mit ins Bett.
Sie erkrankte an Tuberkulose. Als man es erkannte, gab es bereits keine Hoffnung mehr. In der Endphase lag sie nur noch unten in der Wohnstube auf dem Sofa. Manchmal blickte der Vater mitleidig auf sie herab und nannte sie „kleiner Totenrabe", mit einem sarkastischen Unterton in der Stimme. Als sie endlich mit dem Krankenwagen abgeholt wurde, damit sie doch noch im Krankenhaus behandelt werde, war es bereits zu spät. Vielleicht wollte man sie auch nur aus dem Haus haben, um den Kindern den Anblick ihres Sterbens zu ersparen.
Der Vater landete in der Psychiatrie und die drei jüngeren Kinder im Kinderheim. Einmal in der Woche bekamen sie eine Karte vom Vater geschickt, manchmal besuchte er sie. Ein Jahr später starb auch er.
Damals war Damien 12 Jahre alt.

Nachdem er zum ersten Mal Cannabis versucht hatte, griff er sehr schnell zu härteren Drogen. Es dauerte nicht lange, bis er anfing Heroin zu spritzen. Von da an ging es bergab. Damien wurde bald untragbar für das Kinderheim. Er haute ab und war in der Szene bald als Dealer bekannt.
Er geriet immer mehr auf die schiefe Bahn. Entzug, Gefängnisaufenthalt und Therapie wechselten sich im Laufe der Jahre ab.
Bis er Joelle während seiner Therapiezeit am Klomberger Hof kennenlernte. Als sie schwanger wurde, war das für ihn

die Wende. Er hatte den Wunsch, mit ihr eine Familie zu gründen.

Doch nun war klar, so konnte es nicht weiter gehen. Schlussendlich schaltete sich das Jugendamt wieder ein und Joelle wurde per Gerichtsbeschluss das elterliche Sorgerecht entzogen. Marilyn wurde in einem Kinderheim untergebracht und für Anita fand sich eine Pflegefamilie. Das Aufenthaltsbestimmungsrecht für Maxim wurde Damien übertragen.

Damien gab Maxim die Flasche und kümmerte sich auch sonst hingebungsvoll um seinen kleinen Sohn. Es freute ihn, dass Maxim immer sein Fläschchen trinken wollte und er war stolz darauf, dass der Kleine sich so gut entwickelte. Die Liebe zu Maxim hatte Damiens Leben positiv beeinflusst. Er war jetzt ein verantwortungsbewusster und liebevoller alleinerziehender Vater, der zum ersten Mal, in seinem von Misserfolgen geprägten Leben, eine seiner Drogentherapien bis zum Ende durchgehalten hatte.

Als Maxim geboren wurde, stand Damien in seinem vierzigsten Lebensjahr. Es war das erste Mal, dass sich so etwas wie Hoffnung in seinem Leben abzeichnete. Jetzt hatte er jemanden, den er liebte und für den er Sorge tragen konnte. Wenn nicht mit Joelle zusammen, dann würde er es eben alleine tun. Er fand eine Arbeitsstelle und fing an zu arbeiten. So kam Maxim zu Tageseltern. Abends holte er den Kleinen von dort ab und versorgte ihn. Es war rührend, wie er sich um das Baby kümmerte, ihn wickelte, fütterte, mit ihm zum Kinderarzt ging und allen Leuten voller Stolz erzählte, wie gut Maxim aß und was er schon alles konnte. Für den Kleinen lohnte es sich, durchzuhalten und tagtäglich zur Arbeit zu gehen. Damien glaubte fest daran, dass er es diesmal schaffen würde. Regelmäßig ging er mit dem Kleinen zur Säuglingsfürsorge. Dort wurde er gewogen und gemessen, bekam die üblichen Impfungen und sein Papa konnte sich bei Bedarf Ratschläge holen.

Trotzdem machten die Eskapaden von Joelle Damien sehr zu schaffen. Das Gerede der Leute über ihre Ausfälle in betrunkenem Zustand, die Streitereien hierrüber und über anderes und nicht zuletzt die Enttäuschung, dass Joelle die Therapie abgebrochen hatte und ihn und die Kinder im Stich ließ, brachten ihn schließlich soweit, dass er wieder zur Droge griff.

Dem Therapeuten vom Klomberger Hof, der ihn während der Nachsorge betreute, blieb dies natürlich nicht lange verborgen. Trotz seiner Versuche, ihm zu helfen, wurde Damien in der Folge immer unstabiler. Nach einem letzten klärenden Gespräch, bei dem auch der Leiter der Einrichtung, der gleichzeitig Maxims Pate war, zugegen war, haute Damien mit dem Kleinen ab. Aufgebracht und nicht mehr fähig, klar zu denken, fühlte er nur noch das Verlangen nach dem nächsten Schuss in sich. Er hing wieder voll an der Nadel.

Jetzt ging alles sehr schnell. Bald darauf holte das Jugendamt den kleinen Maxim zuhause ab und brachte ihn in einer Auffangfamilie unter.

Maxim in seiner neuen Familie

Maxim befand sich bereits seit zwei Wochen in der Pflegefamilie, als Mick, Damiens jüngerer Bruder und seine Frau Joan von der Inobhutnahme durch das Jugendamt hörten. Daraufhin machten sie einen Termin aus und besuchten ihn. Damien durfte nicht dabei sein. Da sie ihn seit über einem Jahr nicht mehr gesehen hatten, kannte der Kleine sie natürlich nicht mehr. Auf den ersten Blick schien es ihm gut zu gehen. Die Pflegemutter meinte, er hätte sich gut eingelebt.

Mick und Joan vereinbarten einen neuen Termin mit dem Jugendamt, sie trafen auf eine erstaunlich nette Sozialarbeiterin, die ihnen sehr entgegenkam. Sie setzte sich dafür ein, dass das Kind in der eigenen Verwandtschaft untergebracht werden konnte. So war es möglich, dass Mick und Joan ihren Neffen bereits ein paar Tage später abholen konnten. An dem betreffenden Tag war Joé mit dabei. Dadurch wurde er Maxims Lieblingsbruder. Die beiden waren vom ersten Tag an ein Herz und eine Seele.

Maxim war 18 Monate alt, als er zu den Baileys kam. Seine Lieblingsbeschäftigung war ohne Zweifel essen. Anfangs öffnete er selber den Kühlschrank und bediente sich, wann immer er Lust dazu hatte. Es war nicht so einfach, ihn umzugewöhnen, denn er konnte sehr stur und rebellisch sein. Er war so anders als die andern Kinder der Familie.

Das erste Mal hatten sie Damien zwei oder drei Tage nach seiner Geburt durch ein Fenster der Frühgeborenenstation gesehen. In Abständen hatten einige weitere Besuche bei Damien zuhause stattgefunden.

Obwohl Maxim noch klein war, konnte er rebellieren wie ein Alter. Stets wollte er seinen Kopf durchsetzen. Wenn er etwas nicht bekam, schrie er. Für den kleinen Maxim waren die Baileys Fremde, obwohl sie miteinander verwandt waren. Besonders schlimm wurde es, wenn sein Vater ihn besuchen kam. Beim Abschied heulte er jedes Mal, wie am Spieß. Es war schrecklich. Er wollte sich einfach nicht beruhigen und weinte lange und herzzerreißend.

Damien besuchte Maxim oft, manchmal brachte er Joelle mit. Er hatte wieder einen Entzug durchgezogen und war in der Nachsorge in Augsburg. Dorthin nahm er Maxim manchmal über das Wochenende mit.

Doch die negative Entwicklung der Dinge, die Unterbringung Maxims bei seinem Bruder, das Verhalten Joelles, die Trennung von Marylin und Anita, all das machte Damien nervös und unzufrieden. So kam es, dass sich sein Drogenkonsum in der Folge wieder steigerte. Er wurde unzuverlässig und man konnte ihm Maxim unmöglich über das Wochenende anvertrauen. Eine Zeitlang war das ganz gut gegangen.
So entmutigt, driftete er noch mehr ab. Sein Optimismus für die Zukunft war auf dem Nullpunkt angelangt.

Maxim hatte eben seinen vierten Geburtstag gefeiert, als sein Vater sich das Leben nahm. Damien hatte sich voll mit Drogen gepumpt und sich vor einen fahrenden Zug geworfen.

Seine Mutter besuchte Maxim in den nächsten Jahren nur sehr unregelmäßig.
Positiv daran war, dass Maxim endlich seinen Platz in der neuen Familie fand. Er nannte Mick und Joan Mama und Papa, die Kinder waren seine Geschwister. Als dem Jüngsten sah man ihm vieles nach und er wurde von allen akzeptiert. Maxim stand gerne im Mittelpunkt, er versuchte stets die Aufmerksamkeit auf sich zu ziehen, sei es durch positives oder durch negatives Verhalten. Dies war nicht nur zuhause der Fall, sondern auch in der Schule.

Jede neue Situation löste bei Maxim Verhaltensauffälligkeiten aus. So auch, als Mick und Joan sich trennten. Da traten sie sogar besonders massiv auf.

Es dauerte ein paar Tage, bevor Joan es merkte: Es stank nach Urin in seinem Zimmer, obwohl sein Bett trocken war. Maxim hatte alles voll gepinkelt. Er hatte in den Papierkorb gemacht, seine Nachttischschubladen waren bepisst, seine Zeichnungen waren mit Pisse durchtränkt, sogar in seinem Schreibtisch stank es.

Joan hielt es nicht mehr aus. Nichts was sie versuchte, schien bei dem Jungen etwas zu bringen. Dabei hatte sie ihm doch nur helfen, ihm eine bessere Zukunft geben wollen. Ihr einziges Ziel war es gewesen, ihn vor dem selbstzerstörerischen Weg seines Vaters zu bewahren.

Was sollte sie denn noch alles tun?

Joan war verzweifelt. Sie wusste wirklich nicht mehr weiter. Entschlossen packte sie Maxims Sachen und brachte ihn zu Mick. War er nicht Maxims Onkel? Sie selbst war noch nicht einmal blutsverwandt mit ihm.

Dann fing sie an zu schuften, um der Sauerei Herr zu werden. Das ganze Zimmer musste im wahrsten Sinne des Wortes ausgemistet werden. Die voll bepissten Möbel verbrannte sie hinter dem Haus im Garten.

Kulldorf

Kurze Zeit später zog sie mit den Kindern in das neue Haus in Deutschland um. Während der Sommerferien schien Maxim wieder innerlich zur Ruhe zu kommen. Doch kaum hatte die Schule begonnen, gingen die Probleme mit ihm los. Schlussendlich wandte sich Joan an das Therapiezentrum „Kinderhaus Hubertus". Maxim konnte mit einer Reittherapie beginnen. Da er in der Schule eine sehr engagierte Lehrerin hatte, welche viel Zeit in ihn investierte, kam Maxim in der dritten und vierten Klasse einigermaßen über die Runden.

War es in der Grundschule nicht einfach mit ihm gewesen, so wurde er in der Realschule bald untragbar. Mehrmals musste er von der Schule abgeholt werden, weil sein Verhalten unmöglich war.

Also ging das Ganze wieder von vorne los. Reittherapie für Maxim bei Thea Neumann, Gespräch mit Frau Lampert für Joan. Frau Lampert war die Leiterin des Hauses. Die Fahrt von Kulldorf nach dort dauerte länger, als Joan gedacht hatte. Sie würden zu spät kommen, schon wieder fühlte sie sich gestresst. Außerdem konnte sie sich noch immer nicht ganz damit anfreunden, dass sie sich zu diesem Gespräch hatte überreden lassen. Ihr kam es so vor, als würde sie dadurch mit bestraft für die Missetaten ihres Pflegesohnes. Als müsste sie sich auf den Zahn fühlen lassen, was alles bei ihrem Erziehungsstil nicht klappte. Natürlich machte sie vieles falsch. Sie fühlte ihre Unzulänglichkeit nur zu gut. Es schien aber auch nichts zu fruchten bei dem Kind. Jedes Mal, wenn das Telefon klingelte, hatte sie Angst, dass es wieder die Schule sei. Sie fühlte sich überfordert, weil Maxim sie mittlerweile auch zuhause und wenn sie unterwegs waren, ständig mit seinen Auffälligkeiten auf Trab hielt. Die andern Kinder fühlten sich bereits vernachlässigt, weil alles sich nur noch um ihn drehte.

Anfang November wurde er für drei Tage von der Schule gewiesen. Der Brief aus dem Stefanus-Schulzentrum erreichte Joan am zweiten Tag von Maxims Ausschluss vom Schulunterricht. Darin stand, dass ihr Pflegesohn seit dem Schulbeginn vermehrt durch aggressives und unsoziales Verhalten aufgefallen sei. Durch sein Verhalten gefährde er die Sicherheit anderer Mitschüler. Verschiedene Ordnungsmaßnahmen seien wirkungslos geblieben. Auch in erzieherischen Gesprächen habe Maxim sich uneinsichtig und vorlaut gezeigt.

Weiter hieß es: Am 30.09 verletzte Maxim einen Mitschüler, der daraufhin nicht mehr zu einer Teilnahme am Unterricht fähig war. In der Vergangenheit, d.h. seit Schulbeginn traten bereits mehrere Fälle auf, in denen Maxim verhaltensauffällig in Erscheinung trat.

Auf Grund der massiven Verstöße gegen die Haus- und Schulordnung sowie aufgrund der Tatsache, dass keinerlei Verhaltensbesserung absehbar ist, beschließt die Klassenkonferenz den Ausschluss Maxims für 3 volle Tage vom Schulunterricht. Sollten in diesem Zeitraum Klassenarbeiten anstehen, sei Maxim zur Teilnahme verpflichtet, ansonsten dürfe er das Schulgelände nicht betreten.

„Wie soll ich das denn wieder machen, ihn etwa hin und zurück kutschieren?

Nein", dachte Joan, „wenn sie ihn ausschließen, wird er auch nicht für die Prüfungen hingehen."

Für den Zeitraum, hieß es weiter, habe Maxim die ihm aufgetragenen Aufgaben zu erledigen, sie würden bei der Rückgabe benotet.

Der Brief schloss mit:

Wir weisen darauf hin, dass in diesem Zeitraum die Aufsichtspflicht auf Seiten der Eltern liegt.

Wir bitten, Maxim in einem Gespräch sein Fehlverhalten zu erläutern und pädagogisch auf ihn einzuwirken.

Obschon der Brief nicht überraschend kam, die Schule musste ihnen den Ausschluss von Maxim schließlich schriftlich mitteilen, zog er Joan dennoch wieder runter. Sie ärgerte sich über Formulierungen wie „auf Grund der Tatsache, dass keinerlei Verhaltensbesserung absehbar ist".

Joan hoffte nach jedem Gespräch, das sie mit Maxim führte, dass sein Verhalten sich bessern würde. Doch jedes Mal wurde sie enttäuscht. Kaum hatte sie den Eindruck, er hätte sich auf einem Gebiet gebessert, kam wieder ein Anruf von einem Lehrer.

‚Maxim stört den Unterricht permanent, er kommt zu spät, erledigt seine Aufgaben nicht, er hält seine Mappen und Hefte nicht in Ordnung oder er hat sein Material überhaupt nicht dabei. Er befolgt die Anweisungen der Lehrer nicht, ist respektlos, fängt an zu diskutieren und hat immer irgendwelche Ausreden für sein Verhalten. In den Pausen beleidigt er Mitschüler, er wirft absichtlich mit dem Ball auf sie, provoziert ältere Mitschüler', usw. usw.

Es verging kein Tag ohne Beschwerde. Dann kam noch, wie zur Krönung des Ganzen, am ersten Tag der Herbstferien, die Mail der Elternsprecherin, worin es hieß:

Hallo Frau Bailey,

Bei unserem Treffen am Freitag wurde klar, dass es einige Probleme gibt. Eins davon ist die Unruhe und auch die Gewaltbereitschaft, die Ihr Sohn Maxim in die Klasse bringt. Das Hauptziel seines Schultages ist: Lehrer provozieren und auf Mitschüler losgehen. Ich würde gerne mit Ihnen darüber sprechen, da hier dringend Handlungsbedarf besteht. Vielleicht rufen sie mich mal an. Der Unterricht wird massiv gestört und die Kinder fühlen sich bedroht. Wir werden das in unserem Schreiben an den Direktor auch aufführen. Viele Grüße Petra Boentges.

„Jetzt reicht es aber!" Joan war empört. War sie etwa nicht am Freitag bei dem Elterntreffen mit dabei gewesen? Warum war niemand imstande ein Wort über die Probleme mit Maxim an sie selbst zu richten? Nein es wurde hinter ihrem Rücken darüber gesprochen. Und sie hatte sich schon gefreut, dass niemand ihren Pflegesohn am Elternabend erwähnte. Über die Lehrer wurde sich beschwert und wie unfähig die Schulleitung sei.

Statt aufatmen zu können und während der zwei Wochen Ferien ein bisschen Abstand von der Schule zu bekommen, ging es weiter. Der ganze Ärger stieg wieder in ihr hoch. Und lud sich über Maxim aus. Joan rief ihn zu sich.
„Was sagst du dazu?" fragte sie, nachdem sie die Mail zusammen durchgelesen hatten. Joan blickte ihren Neffen auffordernd an.
„Ich weiß nicht".
„Was heißt das, du weißt nicht? Ich möchte, dass du mir klar und deutlich erzählst, was du in der Klasse anstellst. Das kommt doch nicht von ungefähr, dass die Eltern sich so über dich äußern", funkelte sie ihn zornig an.
„Wer hat denn etwas über mich gesagt?" versuchte Maxim, Zeit zu gewinnen. Er würde sich, wie üblich, herausreden.
„Jetzt habe ich aber genug von dir", schrie Joan außer sich vor Zorn „du gehst jetzt in dein Zimmer und denkst darüber nach. Dann schreibst du mir die verschiedenen Vorfälle genauestens auf."
Frustriert setzte sich Joan an den Computer und schrieb eine Antwortmail an die Elternsprecherin.

Liebe Frau Boentges

Nach dem Elterntreffen vom letzten Freitag hatte ich mich schon gewundert, dass niemand Probleme mit Maxim angesprochen hatte. Das ist anscheinend nachgeholt worden, nachdem ich weg war. Das finde ich sehr schade. Mein Neffe hatte von Anfang an sehr große Probleme, sich in der neuen Schule zu integrieren. Ich bekam schon viele

Anrufe von Lehrern wegen seines Verhaltens und ich bin ständig mit ihm dran deswegen. Jetzt habe ich von Ihnen leider keine konkreten Angaben darüber, was Maxim mit ihren Kindern für Probleme hatte. Nur die Drohung, sie würden dem Direktor darüber schreiben. Es wäre fairer, zuerst mit mir darüber zu sprechen. Es ist alles sehr schwer mit Maxim. Er hat eine Therapie angefangen, die ihm helfen soll, seine innere Unsicherheit und sein dadurch auffälliges Verhalten in den Griff zu bekommen. Ich bitte sie um etwas Geduld. Teilen sie mir bitte auf jeden Fall mit, wenn es ein Problem wegen Maxim gibt. Ich werde dann mit ihm darüber sprechen. Bitte geben sie meine Antwort an die andern Eltern weiter.
Herzliche Grüße Joan Bailey

Einige Tage später kam die Antwort.

Liebe Frau Bailey

Vielen Dank für die Antwort. Wir haben nicht hinter dem Rücken über Ihren Sohn gesprochen, das hat sich mit einer Mutter eigentlich schon fast auf dem Parkplatz ergeben. Es ist wohl auch vor allem für die Mädchen extrem und ich habe bei meiner Tochter nachgefragt, was genau passierte. Ich wollte deshalb gerne vorher mit Ihnen sprechen, auch um zu erfahren, was der Hintergrund für das Verhalten ist. Ich habe mir aber schon gedacht, dass es immer einen Grund gibt, wenn ein Kind so auffällig ist. Das mit der Therapie ist eine gute Sache, das hätte ich auch vorgeschlagen.
Grundsätzlich stört er wohl absichtlich sehr viel, ist sehr laut, dadurch verliert man immer mindestens eine Viertelstunde an Unterricht. Gegenüber meiner Tochter war er schon recht aggressiv, als sie ihn fragte, warum er den Achtklässler getreten hat. Hauptsächlich die größeren

Schüler greift er wohl an, was ja schon recht riskant ist. Dadurch will kein Lehrer mehr wirklich gerne in die Klasse, was sich dann für alle mit Strafarbeiten usw. auswirkt. Und das geht dann einfach nicht. Die anderen Kinder stören bestimmt auch hin und wieder, aber hier geht es um die Absicht von Maxim, Ärger zu machen und das hat für alle negative Konsequenzen. Das verstehen Sie sicherlich. Ich denke, wir warten mal ab, ob es nach den Ferien besser wird.

Viele Grüße Petra Boentges

Das mit der Therapie wirkte auf jeden Fall besänftigend. Es wurde etwas unternommen, das beruhigte sowohl die Lehrer, als auch die Eltern. Joan stellte sich trotzdem die Frage, ob es bei Maxim auf die Dauer viel bewirken würde. Er hatte die Tiergestützte Therapie ja bereits im Laufe des dritten Grundschuljahres begonnen. Damals war sein Verhalten auch sehr auffällig gewesen und sie hatten sich auf Druck der Schulleitung für das Therapiezentrum „Kinderhaus Hubertus" entschieden

Maxim hatte mit Thea Neumann eine wirklich gute Therapeutin. Zuerst hatte sie es in der kleinen Gruppe mit ihm versucht. Da das nichts fruchtete, nahm sie ihn einzeln dran.

Als es dann in der Realschule nicht klappte, war sie sofort bereit, ihn wieder in Einzeltherapie zu nehmen.

Mit Maxim allein kam man stets gut zurecht. Problematisch wurde es in der Gruppe. Oder eben in der Schulklasse, gegenüber den Mitschülern und Lehrern.

Ende der Herbstferien

Erster Schultag, erster Anruf aus der Schule. Maxim müsste abgeholt werden, er hat einem andern Kind eine blutige Nase geschlagen.
Wieder Provokationen, wieder seine Unbeherrschtheit! Joan möchte wissen was genau vorgefallen ist, niemand weiß etwas Konkretes. Sie sagte, sie könne unmöglich ständig kommen, um Maxim von der Schule abzuholen. Nach einer Viertelstunde kam noch ein Anruf. Die neue Orientierungsstufenleiterin! Sie wisse auch nicht, was genau vorgefallen sei, aber Maxim würde Stein und Bein schwören, er habe den Jungen nicht geschlagen.
Später stellte sich heraus, dass er ihn doch geschlagen hatte.

So konnte das nicht weitergehen. Joan behielt Maxim über drei Monate zuhause, von Anfang Dezember bis Mitte März. Sie hatte ihn krankschreiben lassen und unterrichtete ihn selbst. In dieser Zeit kam Maxim wieder zur Ruhe. Ihre Kinder spielten wieder mit ihm, und die Atmosphäre in der Familie besserte sich erheblich. Maxim ging mit zur Kirche und wollte sich gerne taufen lassen. Unter Tränen bat er Gott um Hilfe und beteuerte, dass er das Gute tun wollte, was ihm jedoch leider immer wieder misslingen würde.

Maxim hatte eine sehr liebenswerte Seite, die ihm bei vielen Menschen die Herzen öffnete, wodurch sie ihm Sympathie entgegenbrachten und ihm gerne halfen. Was er aber auch alles schon in seinen ersten Lebensjahren durchgemacht hatte! Drogen und Alkoholprobleme der Mutter, danach auch beim Vater, Trennungsängste, bedingt durch die plötzliche Trennung von seinen Eltern, die Fremdunterbringung, dann die Gewöhnung an die neue Familie, schließlich der Tod seines Vaters.

Es war schon eine Menge, was der Junge verkraften musste. Er brauchte viel Aufmerksamkeit und Anerkennung. Die Trennung von Bezugspersonen oder Freunden machte ihm stets viel zu schaffen.

Dann war es endlich durch beim Jugendamt und beim Landrat, und Maxim wurde in einer kleinen Förderschule vorgestellt und auf Probe aufgenommen.

Vom ersten Tag an lief es schief und nach zwei Wochen hatte Maxim die ganze Schule, samt Lehrern, Erziehern und Schülern gegen sich aufgebracht. Er war respektlos und frech. Seine Mitschüler hielten ihn für einen Angeber, der alles besser weiß, die andern herumkommandiert und sich weder von einem Lehrer noch von einem Erzieher etwas sagen lassen will. Seine ständigen Provokationen brachten sie gegen ihn auf. Außerdem log er. Er war uneinsichtig und konnte einfach nicht zugeben, wenn er einen Fehler gemacht hatte. In seinen Augen waren es immer die andern, die angefangen hatten, alle waren sie gegen ihn. Seine Wahrnehmung unterschied sich komplett von der seiner Mitschüler und Lehrer.

Es kam zum Ausschluss, als Maxim eines Abends einen Jungen beim Hals nahm und am nächsten Morgen einen andern mit dem Kopf gegen die Wand schlug. Er musste bereits wieder für ein paar Tage zuhause bleiben. Währenddessen sollte er aufschreiben, ob er überhaupt weiterhin an der Schule bleiben wolle und wenn ja, was seine Ziele für die nächste Zeit wären. Joan hatte ihm angekündigt, dass sie es jetzt satt habe, dass sie ihm auch nicht mehr helfen könne, wenn er rausflöge und dass er dann eben in eine andere Einrichtung und dort in eine sieben Tage Gruppe käme. Was bedeute, dass er nicht mehr so häufig nach Hause dürfe.

Danach gab es ein Gespräch mit der Sozialarbeiterin vom Jugendamt und der Psychologin der Schule, einer Frau Montless. Sie drängten darauf, mit Maxim einen Termin in der Ambulanz der Kinder- und Jugendpsychiatrie zu nehmen.

Der Psychiater bei dem sie landeten, sowie Frau Montless sprachen sich für eine Medikamenteneinnahme aus. Joan wehrte sich dagegen. Sie konnte es nicht mit ihrem Gewissen vereinbaren, Maxim unter Drogen setzen zu lassen. Sie war enttäuscht, lief es doch nur wieder darauf hinaus, durch die einfachste und billigste Methode, ein Kind ruhig zu stellen, statt ihm wirklich zu helfen.

Bevor Maxim für eine Testreihe stationär in der KJP aufgenommen wurde, kam es zu dem Vorfall. Maxim war ausgerastet und sein Onkel auch. Es hatte blaue Flecken gegeben. Die wurden von der Schule aus dem Jugendamt gemeldet. Daraufhin wurde Maxim gleich von der Schule weg in die Jugendhilfeeinrichtung Tottenberg gebracht.

Joan nahm sofort Kontakt zu dem Rechtsanwalt Roman Taurus auf, einem Bekannten ihrer Kirchengemeinde. Er war gerne bereit, zu helfen und sie vor Gericht zu vertreten.

Nach einem Gespräch zusammen mit Gertrud Gansen vom Jugendamt und den Leuten von der Einrichtung, durfte sie Maxim zumindest regelmäßig in Tottenberg besuchen.

Maxim in der KJP

Nach einer Weile war es dann soweit und Joan fuhr in die Kinder und Jugendpsychiatrie, wo sie sich mit Maxim und einem Betreuer von Tottenberg traf. Bei der Aufnahme stellte sich dann heraus, dass man ihn in der Geschlossenen unterbringen wollte. Ihr waren die Hände gebunden. Wegen der Inobhutnahme konnte sie nichts dagegen ausrichten.

Als Joan sich von Maxim verabschiedete, wusste sie bereits, dass es nicht gut gehen würde. War Maxim vorher noch motiviert und bereitwillig mit auf die Station E4 gegangen, blickte er nun starr vor sich hin. Als Joan ihn umarmte, spürte sie, dass er steif vor Angst war. Sie hatte Tränen in den Augen, als die Tür sich hinter ihr schloss.

Maxim blieb zurück, eingeschlossen. Man hatte ihn überrumpelt.

Was würde es bringen?

Hier trat Roman Taurus in Aktion und schrieb einen Brief an das Jugendamt, in dem er Widerspruch gegen die Inobhutnahme erhob. Er setzte sich sehr für sie und Maxim ein und Joan war sehr dankbar, dass sie ihn hatte.

Da Joan merkte, dass es mit ihrem Pflegesohn nicht gut ging, sprach sie mit der behandelnden Ärztin darüber. Am liebsten hätte sie ihn mitgenommen. Natürlich wurde dies der Gansen vom Jugendamt gemeldet, die sogleich mit einem Schreiben an die KJP reagierte. Darin drohte sie mit einer erneuten Inobhutnahme, so dass sich die Chancen einer Rückkehr nach Hause für Maxim verringern würden.

Was brachte der stationäre Aufenthalt in der KJP Maxim eigentlich? Gab es eine Besserung?

Nur zu bald wusste Joan, dass ihre Sorge begründet war.
Maxim sei aggressiv, flippe aus und würde sich nicht einfügen. Er musste mehrmals in den Time out Raum gebracht werden. Schließlich verpasste man ihm eine

Beruhigungsspritze. Der Oberarzt rief sie an und sagte, er weigere sich, Maxim unter diesen Umständen noch weiter zu behandeln. Entweder Joan erkläre sich mit einer medikamentösen Behandlung einverstanden, andernfalls würde Maxim entlassen. Unter Tränen stimmte sie endlich zu, um Maxims Wiederaufnahme in die Förderschule nicht zu gefährden. Ohne die Diagnostik von der KJP würden sie ihn dort nicht wieder aufnehmen. Und bei ihr zuhause würde er auch nicht bleiben können. Die Gansen würde es zu verhindern wissen.

Was sie zu dem Zeitpunkt noch nicht wusste, es war bereits beschlossene Sache, Maxim nicht wieder in der Schule aufzunehmen. Ja, sie arbeiteten stets gut zusammen, die Psychologin der Förderschule, die Psychiater der Kinder und Jugendpsychiatrie und das Jugendamt.

Einen Großteil der Probleme hatten sie dieser arroganten Gans vom Jugendamt zu verdanken. Ärgerlich heftete Joan einen Zettel an die Kopie des Briefes und schickte ihn ihr: „Macht es Ihnen eigentlich Spaß? Sie hinterhältige, böse Frau! Sie wissen sehr genau, dass Maxim keine Gefahr von mir droht, nicht wahr? Sie wollen ihm einfach keine Chance geben!"

Am Montagvormittag gab es wieder ein Gespräch mit der behandelnden Ärztin. Dienstagmorgens brach Joan zusammen und weinte verzweifelt. Sie fühlte sich total überfordert und schaffte es einfach nicht mehr. Ihr Versagen stand ihr überdeutlich im Bewusstsein. Sie hatte Damien nicht retten können, es sah ganz so aus, als ob es ihr bei Maxim auch nicht gelingen würde.

In der Folge wechselte Maxim mehrmals die Einrichtungen der Jugendhilfe. Wenn es irgendwo wieder ausartete, haute er ab. Sein Schulbesuch reduzierte sich auf ein Mindestmaß. Ihn zog es in die Städte, wo er herumlungern und Quatsch machen konnte. Die passende Clique dazu fand sich jeweils fast von selbst.

Mit der Strafmündigkeit kam mit vierzehn der erste Aufenthalt im Jugendknast. Wegen eines bewaffneten Überfalls auf eine Tankstelle.

Die Baileys besuchten Maxim dort regelmäßig, insbesondere aber sein Lieblingsbruder Joé. Er glaubte weiterhin an ihn und wollte ihm helfen. Joé gelang es, das Jugendamt von sich und seinen Plänen mit Maxim zu überzeugen. So kam es, dass, als Maxim auf Bewährung freigelassen wurde, er zu Joé und seiner Freundin Cassie zog. Am Anfang ging es gut, dann wurde es schwierig. Maxims erste Begeisterung ließ rasch nach, die guten Vorsätze wurden nicht umgesetzt und im Ausreden finden war er schon immer gut gewesen. Joés Glaube in Maxim, seine Geduld, seine Bereitschaft und seine Fantasie, die Strategie jeweils wieder den Umständen und Eskapaden Maxims anzupassen, waren bewundernswert.

Die Enttäuschung war deshalb umso größer, als Maxim nach nur wenigen Monaten dieses gute Leben; in einem schönen Haus wohnen, Musik machen, Sport treiben, samt Schulbesuch, einfach satt hatte. Es war ihm langweilig, nicht genug Action, er hielt es nicht mehr aus. Also klaute er Joé Geld und haute ab.

Man versuchte es noch mit einem Bootcamp. Bereits nach ein paar Tagen kam es zu einer körperlichen Auseinandersetzung mit einem Erzieher. So kam er zurück in die Jugendstrafanstalt und musste seine Reststrafe absitzen.

Und wie ging es weiter mit Maxim? Er stand jetzt in seinem sechzehnten Lebensjahr. Kurz nach seiner Entlassung, klingelte eines Tages das Telefon bei Joan. Es war Maxim. Er klang total begeistert:
„Es gibt Neuigkeiten, Mama! Bist du nicht gespannt?

Ich werde Vater!"

Ja, Maxim war immer gut für eine Überraschung.

KLAUS LIPPERT

Breitbeinig spazierte Klaus Lippert über die Landstraße. Die Zigarette in seinem Mundwinkel war erloschen, beide Hände steckten in den Hosentaschen und die dunkelgrüne Kappe mit der Aufschrift „Rettet die Wälder", saß fest auf seinem alten Dickschädel. Lippert war ein Mann mit Prinzipien. Er ging zu Fuß, wo es sich nur machen ließ. Wenn er so durch die Straßen ging, fühlte er sich den Autofahrern überlegen, so wich er auch nie zur Seite, wenn einer ihm entgegen kam.
Verdammte Städter! Wenn sie meinten, sie könnten mit ihren dicken Autos die Straßen einnehmen und die Luft verpesten, so sollten sie zumindest sehen, dass es auch noch Leute gab, die zu Fuß gingen. Er jedenfalls sprang nicht zur Seite, wie seine Frau es tat, sobald sie von weitem Motorengeräusch hörte. Seit die Fabrik unten vergrößert hatte, gab es deutlich mehr Verkehr als früher. Vorher waren es nur die paar Dörfler die hier durchfuhren, doch mittlerweile kamen immer mehr Städter. Diese Raser! Und dann erwarteten sie doch tatsächlich, er würde ihnen ausweichen, wenn sie mit ihren dicken Karren daher gebraust kamen.

Inzwischen war Lippert bei seinem Zweithaus angekommen. Er hoffte, dass der Interessent die untere Wohnung nehmen würde. Am liebsten würde er das ganze Haus vermieten, aber er konnte schon froh sein, wenn er jemanden für die untere Wohnung fand. Das Haus war solide gebaut, mit schönen, großzügigen Räumen. Es gehörte den Schwiegereltern, die vor einer Weile ins Altersheim gezogen waren. Kaum geeignet für einen Fabrikarbeiter, aber wer sollte sonst schon nach Mickdorf

ziehen wollen. Lippert hatte die Hoffnung schon fast aufgegeben.
Nun, heute kam endlich mal wieder jemand, um sich die Wohnung anzusehen. Bestimmt ein neuer Angestellter der Fabrik. Skeptisch beobachtete er, wie der rote BMW X4 in die Einfahrt einbog und gegenüber dem Eingang parkte. Der Mann im modischen Anzug, der dem Wagen entstieg, blickte sich neugierig um, dann nickte er mit dem Kopf und kam Lippert entgegen.
„Guten Tag, sind sie der Grundstücksbesitzer?"
„Jawoll, der bin ich", erwiderte Lippert unbeeindruckt, ohne die selbstgedrehte Zigarette aus dem Mund zu nehmen und ohne den Gruß des Mannes zu erwidern. Er besah sich den Ankömmling ungeniert von oben bis unten.
„Sie kommen wegen der Wohnung, nehme ich an?"
„Ja, ich würde sie mir gern mal ansehen."
„Arbeiten sie unten in der Fabrik?"
„Nein", lachte der andere und wollte Lippert die Hand reichen, was dieser jedoch ignorierte.
„Herbert Morell ist mein Name. Ich bin Physikprofessor und unterrichte an der Uni."
„Und dann wollen Sie hier draußen wohnen?" fragte Lippert stattdessen misstrauisch.
„Aber ja doch, ist bestimmt schön ruhig hier." Herbert Morell blickte in die Runde und schien zufrieden, mit dem was er sah. „So etwas suche ich nämlich. Wo ich abends, wenn ich nach Hause komme, meine Ruhe habe."
„Na dann kommen sie mal mit", forderte Lippert den Professor auf. Er zündete sich seine Zigarette neu an und ging voraus ins Haus. Eigentlich hatte er keine große Lust, diesem aufgeblasenen Städter etwas zu vermieten, doch was blieb ihm anders übrig. Bei seiner kleinen Rente waren sie auf das zusätzliche Einkommen angewiesen.

‚Wer war denn schon so eingebildet, einem seinen Titel gleich an den Kopf zu werfen. Überhaupt diese Stadtmenschen, kein bisschen Respekt vor der Natur hatten sie. Meinten sie doch tatsächlich, sie wären etwas Besseres. ‚Typisch, kommt im Anzug daher, prahlt mit seinem Titel als Professor und schaut auf einfache Leute herunter' dachte Lippert verbittert. Er selbst hatte keine guten Erfahrungen in der Stadt gemacht, weder in der Schule, noch anderswo. In der Schule hatten sie ihn zum Opfer gestempelt, aber bereits damals hatte er sich nicht alles gefallen lassen. Die Betreffenden hatten es hinterher regelmäßig auf die eine oder andere Art ausbaden müssen. Es war nie heraus gekommen, dass er es war, der ihre Rucksäcke mit Tipp-ex bekleckert hatte, dem Lehrer eine Notiz hatte zukommen lassen oder sich sonst wie rächte.

Lippert führte den Professor durch die untere Wohnung, zwei Zimmer, Küche, großes Wohnzimmer, Bad und Gästeklo. Nebenbei erklärte er, dass sich oben auch noch drei Zimmer befänden, die man dazu mieten könne, wenn man wolle.
„Ach, das klingt interessant", meinte der Professor.
„Hier geht es auf die Terrasse und in den Garten", sagte Lippert und öffnete die gläserne Terrassentür.
„Sehr schön die Bäume, das ist doch ein Quittenbaum, da vorne, oder?"
„Genau!" Lippert wunderte sich, dass dieser Städter wusste, was ein Quittenbaum war.
„Abends hier draußen sitzen und die Ruhe genießen, das würde mir gefallen", meinte Morell mit einem Lächeln.
„Könnte ich mir die oberen Zimmer auch noch ansehen?"
„Gehen Sie einfach nach oben, ich warte hier." Lippert machte eine Handbewegung zur Treppe hin.

Herbert Morell durchschritt die oberen Räume und verharrte einen Moment am Fenster des Badezimmers.
Lippert hatte ihn offensichtlich nicht wiedererkannt. Gut so, dachte er. Der alte Griesgram würde keinen Verdacht schöpfen, weil er sagte, dass er die Kinder herbrächte.
Herbert Morell hatte nichts vergessen und auch nichts verziehen. Lippert hatte sich damals gegen ihn aufgelehnt, das Opfer hatte gepetzt und kleine Racheakte verübt. Diesmal würde es keine Gelegenheit dazu geben.

Wahrscheinlich eine Scheidung, dachte Lippert unten. Der Mann will wohl vergessen. Wenn der das Ganze nehmen würde? Dann kämen sie ein bisschen aus den Geldsorgen heraus. Er drückte seine Zigarette im Spülbecken der Küche aus und starrte nachdenklich zum Fenster hinaus. So ein Uniprofessor war doch sicher bereit, drei vier Scheinchen mehr zu bezahlen, wenn er dafür die drei Zimmer im oberen Stockwerk dazu bekam.
Jetzt hörte Lippert Schritte auf der Treppe und trat aus der Küche in den langgestreckten Korridor.
Der Professor schien zufrieden mit der Besichtigung.
„Mir gefällt das Haus", sagte er beim Näherkommen und lächelte. „Es ist schön hell und genau richtig für meine Bedürfnisse. Dann und wann würden meine drei Kinder nämlich zu Besuch kommen oder sogar für ein, zwei Wochen während der Ferienzeit bleiben."
Lippert nickte, er gab sich geschlagen. Einen besseren Mieter würde er nicht so schnell finden. Der Professor würde meistens allein sein, er suchte Ruhe, manchmal kämen seine Kinder.
„Ab wann könnte man denn frühestens einziehen?"
Bedeutend freundlicher als am Anfang antwortete Lippert „Das Haus ist soweit fertig renoviert, es steht leer, sie könnten es also sofort beziehen.

„Wenn dem also nichts im Wege steht, möchte ich am liebsten nächstes Wochenende schon einziehen."

„Gut, dann könnten wir uns ja den Mietvertrag ansehen", schmunzelte Lippert zufrieden. „Wenn Sie mir bitte ins Wohnzimmer folgen würden, ich glaube ich habe sogar noch einen guten Tropfen im Schrank. Damit wir anstoßen können.

SALLY, DAS ENDE

Laute Musik und dichter Zigarettenrauch erfüllen das mit modernen Designermöbeln eingerichtete Wohnzimmer in Amsterdam. Die vier Männer und drei Frauen mittleren Alters sitzen oder liegen auf der roten Wohnlandschaft herum. Auf dem länglichen Glastisch befinden sich noch Spuren des eben geschnupften Kokains. Sally Braun ist in eine angeregte Diskussion mit dem Gastgeber, einem Bekannten ihres neuen Freundes, verwickelt. Jener sitzt sichtlich gelangweilt daneben, während die beiden sich darüber unterhalten, in welche Disco oder Club man anschließend noch gehen könnte. Sally ist sichtlich angetan von dem Charme ihres Gegenübers. In einen weißen Lederminirock gekleidet, ist sie während des Gesprächs darauf bedacht, ihre wohlgeformten Beine richtig zur Geltung zu bringen. Sie ist total aufgedreht und flirtet heftig mit dem verlebt wirkenden Endfünfziger. Leonidas, wie er sich nennt, „wie die Pralinen", sagt sie kokett, „genau so süß".

„Doch nicht belgischer sondern griechischer Abstammung", betont er. „Eine noch bessere Sorte, du darfst es gerne ausprobieren".

Schließlich entscheidet man sich, noch in den „Flying" zu fahren.

Kaum in der Disco angekommen, zieht es Sally sogleich auf die Tanzfläche. Auch Leonidas lässt sich gerne mitziehen. Zwischendurch werden ein paar Drinks bestellt. Sallys Freund lässt sich bereits von einer molligen Blondine trösten. Die beiden liegen inzwischen mehr in den weichen Sofas als sie sitzen und sind eifrig dabei, zu knutschen und sich gegenseitig zu betatschen. Sally stört sich nicht daran. Im Gegenteil, sie freut sich, dass auch sie somit freie Bahn hat, mit Leonidas freizügiger zu werden. Dieser hat das Techtelmechtel ebenso beobachtet. Es dauert nicht lange, dann macht er der verführerischen Frau unmissverständliche Zeichen, nach draußen zu verschwinden. Sally hat keine Hemmungen, sie will nur eines, sich amüsieren. Unauffällig tanzt sie immer mehr außer Sichtweite der Bekannten, in Richtung Ausgang. Als sie dort ankommen, drücken sich beide kichernd am Türsteher vorbei.

„Schönen Abend noch!" wünscht dieser, worauf die beiden ihm lachend das Gleiche wünschen, um dann eng umschlungen Richtung Park zu spazieren.

Beide können es kaum erwarten, ein lauschiges Plätzchen für Sex zu finden. Sally brennt vor Verlangen, da gibt es für sie kein Zurück, kein Überlegen. Sie lässt sich von der leidenschaftlichen Erregung mitreißen, ergreift selbst die Initiative, es geht ihr nicht schnell genug. Beide vergessen alles um sich herum, ihnen ist es egal, ob jemand sie hört.

Nach dem Liebesakt überkommen, wie so oft, Ekel und Ernüchterung die lebenshungrige Frau. Nur ein schaler Nachgeschmack bleibt übrig von der leidenschaftlichen Umarmung. Was hatte sie nur an diesem Leonidas so reizvoll gefunden? Jetzt hat sie nur noch einen Wunsch, schnell weg von seinem seichten Gelaber. Sie verachtet ihn nur noch. Unter dem Vorwand, müde zu sein, verabschiedet sie sich ziemlich abrupt auf dem nahen Parkplatz. Seine plumpe Zärtlichkeit stößt sie jetzt ab, sie kann sie nicht mehr ertragen.

Sie torkelt leicht, als sie zu ihrem Auto geht. Drogen, Alkohol und zu wenig Schlaf machen sich bemerkbar. Mit unsicherer Hand sucht sie den Schlüssel in ihrer Handtasche, doch sie findet ihn nicht. Ihr Liebhaber hat sich schon davongemacht, ist wieder in der Disco

verschwunden. Sie flucht leise. Zitternd macht sie sich vergeblich an der Autotür zu schaffen, ihr ist kalt. Ob sie sich ein Taxi rufen soll? Als sie das Handy aus seinem Etui zieht, findet sie die Autoschlüssel dahinter eingeklemmt. Endlich gelingt es ihr, die Tür ihres schnittigen Sportwagens zu öffnen. Erschöpft lehnt sie sich in dem beigefarbenen Ledersessel zurück. Eine unwahrscheinliche Leere überkommt sie, jetzt wo sie allein ist. Dieses Gefühl ist kaum zu ertragen, so kurz nach der leidenschaftlichen Umarmung, aus der sie sich gerade erst gelöst hat. Schon steigt er wieder unbarmherzig in ihr auf, schleichend holt er sie ein, dieser Ekel vor sich selbst. Sie kann dem zwar immer für eine Weile entfliehen, wenn sie high ist, aber letztendlich ist die Konfrontation wieder da. Die Konfrontation mit ihrem vergeudeten Leben. Und mit der Vergangenheit, die sie so gerne hinter sich lassen möchte. Mit der Schuld gegenüber ihren Kindern, die sie verlassen hat. Unerbittlich holt das Vergangene sie in dieser Stunde wieder ein. In solchen Momenten lastet alles unheimlich schwer auf ihr.
Nur noch ein Gedanke beherrscht Sally. All dem entfliehen, duschen, ein paar Schlaftabletten nehmen und dann wegtreten, alles vergessen.

Nach einer Weile gibt sie sich einen Ruck, startet den Motor, dreht die Musik überlaut auf und gibt Gas. Nur an nichts mehr denken. Die Geschwindigkeit beruhigt sie langsam, gibt ihr das Gefühl, den nagenden Schuldgefühlen davonrasen zu können.
Sally tastet in ihrer Handtasche nach den Zigaretten. Sie kramt hastig darin herum, bis sie sie endlich findet. Nervös zündet sie sich eine Zigarette an und zieht gierig daran. Sie kommt gefährlich nahe an die Leitplanke heran. Da! Eine scharfe Rechtskurve! Sie versucht das Steuer

herumzureißen, doch die Bäume am Straßenrand rasen mit wahnsinnigem Tempo auf den schlitternden Wagen zu. Sally schreit laut auf, tritt auf die Bremse, das Auto wird hin und her geschleudert. Sie hat nur einen Gedanken, die Tür auf und schnell raus, bevor es knallt.
Brennende Schmerzen überfallen die schreiende Frau, als sie über den Asphalt geschleift wird. Mit einem unheimlichen Krachen knallt der Sportwagen mit voller Wucht gegen einen Baum, prallt daran zurück und wird auf ihren geschundenen Körper geschleudert.
Sally bleibt mit eingedrücktem Brustkorb unter ihrem Wagen liegen. Der rechte Kotflügel quetscht ihr die Lungen zusammen. Der Versuch zu atmen verursacht wahnsinnige Schmerzen. Ihre blonden Locken haben sich gelöst und liegen auf dem schmutzigen Schnee ausgebreitet. Die linke Hand hat sie leicht erhoben. Es sieht so aus, als versuche sie mit der Hand, die noch frei ist, das auf sie drückende Gewicht des Autos von sich zu schieben. Das immer noch hübsche Gesicht ist unversehrt, allerdings jetzt von wahnsinnigen Schmerzen verzerrt.
Als sie so da liegt, läuft ihr Leben wie ein Film vor ihr ab. Die eigene unbeschwerte Kindheit, ihre alleinerziehende Mutter, die der verwöhnten Tochter keinen Wunsch abschlagen konnte. Die Verlobung mit Rahim, die Heirat und die Ehe, dann die Langeweile, weil ihr Mann sich keine Zeit nimmt, mit ihr auszugehen. Die hübschen Gesichter der Kinder tauchen vor ihr auf, wie sie ihr auf dem Spielplatz entgegenlaufen. Die süße Sarah mit ihrem wuscheligen Lockenkopf und Jimmy, ihr kleiner Liebling der so sehr seinem Papa gleicht. Eine plötzliche Sehnsucht nach ihren Kindern überwältigt Sally. Tränen laufen ihr über die bleichen Wangen. Sie kann die Hände nicht bewegen, um sie wegzuwischen. Immer hatte sie das Gefühl, wegen der Kleinen zu kurz zu kommen. In diesem

Augenblick vermisst sie sie schrecklich. Sallys Lippen sind blutleer und leicht geöffnet. Plötzlich überkommt sie ein erschreckender Gedanke.
„Und wenn dies nun das Ende ist? Wenn nun ein für alle Mal Schluss ist, Schluss mit der Freiheit und dem ausschweifenden Leben?
Ist dies die Strafe für das Lotterleben, das ich geführt habe? Ja, ich habe die Männer bekommen, die ich haben wollte. Mit den meisten war ich nicht länger als eine Nacht zusammen, alles oberflächliche Bekanntschaften, wo jeder nur auf sein Vergnügen bedacht war. Das Wesentliche habe ich verpasst. Das wertvollste, meine Familie, für nichts geachtet und verlassen. Ist es nun zu spät, etwas wieder gut zu machen? Werde ich hier elend krepieren?"
Diese qualvollen Momente durchleidet Sally allein, erdrückt von ihrem Auto und ihrem Gewissen, jeder mühsame Atemzug eine unbeschreibliche Pein.

Ein nächtlicher Spaziergänger mit seinem Hund findet die stark unterkühlte, eingeklemmte Verletzte und alarmiert den Rettungsdienst.

Die in die Notaufnahme eingelieferte, mit gebrochenen Rippen, Nieren- und Lungentrauma schwer verletzte Patientin wird noch in dieser Nacht notoperiert. Die lebensgefährlichen Komplikationen durch innere Blutungen führen dazu, dass die Operation stundenlang andauert. Eine Freilegung der verletzten Lunge wird sofort als lebensrettende Maßnahme eingeleitet. Die zerstörten Lungenanteile, so wie eine an der Wirbelsäule irreparabel zerquetschte Niere werden daraufhin entfernt. Als keine direkte Lebensgefahr mehr besteht und das Blut gestillt ist, atmet der Chirurg auf. Die Frau wird aller

Wahrscheinlichkeit nach durchkommen. Im Morgengrauen liegt die operierte Sally im Aufwachraum.

Als Sally endlich aus der Narkose aufwacht, liegt sie unbeweglich auf dem Rücken. Ehe sie sich der Schwere ihrer Verletzungen bewusst werden kann, versinkt sie wieder in eine tiefe Bewusstlosigkeit.
Sie hat keine Ahnung, wie viele Tage vergehen, an denen sie immer mal wieder kurz zu sich kommt, um dann zurück in eine gnädige Bewusstlosigkeit einzutauchen. Manchmal macht jemand in einem weißen Kittel sich an ihr zu schaffen, manchmal hört sie nur das monotone Geräusch der Geräte, an die sie angeschlossen ist. Niemals jedoch ist Besuch da, wenn sie wach wird.
Wer sollte sie auch in der Klinik besuchen kommen? Auf die Frage ob jemand benachrichtigt werden soll, antwortet sie mit nein, sie habe niemanden. Nein, Sally will kein Mitleid. Hatte sie selbst doch ihre Familie verlassen und die Kinder im Stich gelassen. Und das zu einer Zeit, als diese die Mutter noch brauchten. Sie hatte nicht das Recht, die Hilfe der Familie in Anspruch zu nehmen, bloß weil es ihr jetzt dreckig ging. Ihre Schuld konnte sie nicht mehr gutmachen. Sally ist überzeugt, dass auch Rahim, ihr Ex, ihr nicht verzeihen würde. Sie weiß in ihrer grenzenlosen Verzweiflung nicht, wohin mit ihren nagenden Schuldgefühlen. Ist denn niemand in diesem Krankenhaus, mit dem man reden könnte? Irgendein Seelsorger oder Psychologe?
Als man der Kranken eines Tages mitteilt, dass sie querschnittsgelähmt ist und für immer an den Rollstuhl gefesselt sein wird, ist das für Sally wie ein Todesurteil. Nach einer qualvollen, schlaflosen Nacht, spricht sie gleich am nächsten Tag mit dem behandelnden Arzt. Sie sagt ihm, dass sie nicht mehr leben will. Der joviale Arzt wirkt sehr

verständnisvoll. In seinem gebrochenen Deutsch erklärt er freundlich, dass er sie gut verstehe und ihr behilflich sein wolle.
„Wenn sie die Entscheidung treffen, ihrem Leben ein Ende zu setzen, weil sie keinen Sinn mehr darin sehen, wollen wir ihnen gerne bei der Verwirklichung helfen und Ihnen ein geeignetes Medikament zur Verfügung stellen."
So einfach ist das also. Die zaghafte Hoffnung, mit ihm über ihre Not sprechen zu können und eventuell noch etwas regeln zu können, wird durch seine schnelle Bereitschaft zunichte gemacht.
„Danke Doktor, aber ich kann mich ja nicht mal so weit bewegen, um es selbst einzunehmen", haucht sie bitter.
„Auch das ist kein Problem. Sagen sie uns bloß Bescheid wenn sie bereit sind. Wir werden alles in die Wege leiten."

Jimmy sitzt im Besuchersessel am Bett seiner verstorbenen Mutter. Er sieht ihr Gesicht an, das bleich und starr wirkt, ihre blonden Locken umrahmen es und wirken so lebendig wie früher, als er noch klein war und sie für ihn die schönste Frau der Welt war. Es ist ein heller Frühlingstag und er begreift noch nicht, dass sie diesmal wirklich und wahrhaftig für immer gegangen ist. Er zögert den Moment hinaus, aufzustehen und sie den andern zu überlassen, damit auch sie, jeder für sich, von ihr Abschied nehmen können, sein Vater und seine Schwester Sara.

Nick Vujicic wurde ohne Arme und Beine geboren. Seine Eltern taten alles, damit er so viel wie möglich tun und er sein Leben gut leben konnte. In der Schule wurde er gemobbt und im Alter von zehn Jahren wollte er sich das Leben nehmen. Er versuchte sich in der Badewanne zu ertränken.

Dann sagte er sich, dass, wenn Gott einen Plan für sein Leben hätte, wolle er diesen wissen. Später sprach er zu den Studenten auf der Uni und brachte manche zum weinen. Nick ist heute Familienvater und reist überall hin, um mit Humor und Selbstbewusstsein zu zeigen, dass selbst ein Leben ohne Arme und Beine sich lohnt. Er schaut nicht auf das, was er nicht hat. Je älter er wird, desto stärker wird sein Glaube. Auch er hat Auf und Abs. Aber sein Glaube an Gott, seine Familie und seine Freunde helfen ihm.

MORD IN DEN KAISERTHERMEN

Es war neblig und noch recht kühl. Nur wenige Schaulustige näherten sich der Absperrung, um anschließend rasch weiter zu eilen. Trotz offensichtlicher Neugierde hatte niemand kurz nach halb neun Uhr morgens die Zeit, lange am Tatort zu verweilen.

Die Gestalt drückte sich etwas tiefer in den Torbogen zum Palastgarten.

Er hatte ein paar Wortfetzen aufgeschnappt und seine Schlüsse daraus gezogen. Das Mädchen war also tot. Anscheinend war sie durch inneres Verbluten gestorben. Jede Hilfe war zu spät gekommen.

Er beobachtete das weitere Geschehen aus sicherer Entfernung und blieb solange, bis die Leiche zugedeckt und wenig später abtransportiert wurde.

Ein Mord während der Wallfahrtstage! Es würde schwierig werden, den Mörder zu finden. Tausende Menschen strömten täglich durch Trier, drängten sich im Pilgerzelt und an den zwei großen Bühnen im Palastgarten.

Sie alle wollten die bedeutendste Reliquie des Trierer Doms sehen, den Heiligen Rock. Äußerst selten und auch nur anlässlich der Heilig-Rock-Wallfahrten wird er in der Öffentlichkeit gezeigt. Der Glaube und die Gewissheit, an einem besonderen Ereignis teilzunehmen, eint die Menschen. So auch in diesem Frühjahr des Jahres 2012.

Rückblende Sommer 2011

Paul Knapp befand sich auf dem Nachhauseweg, von seinem täglichen Spaziergang. Er schlenderte, vom Amphitheater kommend, zurück durch die Hermesstrasse, vorbei am Rheinischen Landesmuseum, bis zum Kurfürstlichen Palais. Die Tatsache, dass er jahrelang Geschichte an Trierer Schulen unterrichtet hatte, erklärte seine Vorliebe für historische Stätten. Wenn er durch sein geliebtes Trier spazierte, führten ihn seine Wanderungen deshalb meistens an solchen vorbei. Paul Knapp war bereits seit einigen Jahren Rentner. Aber er war noch immer fit, zum einen durch seine täglichen Spaziergänge, zum anderen weil er täglich in „Das Bad an den Kaiserthermen" zum Schwimmen ging. Wie immer, trug er auch heute, trotz der Hitze, seine dunkelbraune mit Lammfell gefütterte Weste über einem karierten Hemd. Die hellbraune Hose wirkte beim näheren Hingucken etwas fleckig. Seine beigefarbene Baseballkappe mit der Aufschrift Bitburger Pils, war vorne am Schirm bereits etwas zerschlissen, aber er liebte die Kappe, weil sie sich mit der Zeit seinem Kopf wie eine zweite Haut angepasst hatte. Darunter lugte das etwas zu lange, bereits schütter gewordene graue Haar hervor. Seine Gestalt wirkte leicht gedrungen. Paul lebte allein, seit seine Frau vor zwei Jahren an Krebs gestorben war.

Sein Weg führte ihn weiter durch den südlichen Palastgarten, er ging an den barocken Skulpturen des Bildhauers Ferdinand Tietz entlang und genoss die letzten Strahlen der warmen Abendsonne. Wie so oft verharrte er bewundernd vor der Sphinx und dem Gärtner mit seinem Spaten. Paul wusste natürlich, dass die Originale im Städtischen Museum Simeonsstift vor den Witterungseinflüssen geschützt untergebracht waren.

Am Tietzbrunnen blieb er stehen und schüttelte ärgerlich den Kopf. Seit einiger Zeit störten ihn die jungen Leute, die den Palastgarten mit ihren Picknicks verschandelten. Paul war nicht der einzige, der sich über den Lärm und den

Dreck aufregte, den sie jedes Mal hinterließen. Die Leserbriefe und Artikel im „Trierer Volksfreund" zeugten von dem immer größer werdenden Ärgernis. Aber was half es? Denen war doch alles egal. Der Abend war Paul schon wieder verdorben. Er zitterte vor Wut, als er seine Wohnungstür aufsperrte. Da er gleich gegenüber wohnte, konnte er das Treiben von seinem Fenster aus mit dem Fernglas beobachten. Was er auch tat. Dabei wusste er, dass morgen früh wieder alles voller Einweggrills, leerer Flaschen und Pappgeschirr liegen würde. Es musste doch eine Möglichkeit geben, diese Gelage zu verbieten.

Eine Gruppe junger Leute, alles Studenten an der Trierer Uni, traf sich regelmäßig abends im Palastgarten zum chillen und abhängen. So auch heute. Charel, Fabio und Tom hatten Getränke mitgebracht, Dany die Einweggrills und Carla, Selina und Alissa hatten das Fleisch besorgt. Während der Duft des gegrillten Fleischs ihnen in die Nase stieg, chillten die Freunde, teils im Gras sitzend, teils liegend und genossen den lauen Frühsommerabend. Ein Joint kreiste und die Stimmung war gut.

Charel hätte als Luxemburger weiterhin zuhause wohnen können. Er besaß ein eigenes Auto. Die Fahrt zwischen Luxemburg und Trier war kurz, aber er hatte es vorgezogen in Trier zu leben. Seine Eltern hatten Geld und die Wohnung war toll. Carla und er konnten sich so oft sehen wie sie wollten. Sie waren ein schönes Paar und Charel war sehr verliebt in Carla. Beide hatten sie braunes Haar, seines modisch gestylt, ihres lang, mit einem Touch ins Rote. Charel war leger aber teuer gekleidet. Carla trug ein tief ausgeschnittenes T-Shirt und Shorts. Sie war sich ihrer erotischen Ausstrahlung voll bewusst. Charel saß nach vorne gebeugt und hielt sie mit beiden Händen umfasst.

Carla nahm einen langen tiefen Zug, bevor sie den Joint lächelnd an Charel weiterreichte.

„Wie der Alte uns wieder angeglotzt hat!"

„Als ob Blicke töten könnten", kicherte Alissa.

„Ich möchte dem lieber nicht allein, irgendwo im Dunkeln begegnen", warf Selina ein und schauderte sich. „Der ist bestimmt irre."

Dany lachte schallend „Quatsch Selina, der Alte hat vielleicht nicht mehr alle Tassen im Schrank, deswegen wird er dir noch lange nichts antun."

Fabio räkelte sich und setzte sich auf, um nach der Flasche Vodka zu greifen. „Vergiss es, Mann! Hab ich einen Hunger, schaut mal lieber nach dem Fleisch, bevor alles verkohlt ist."

Alissa sprang gehorsam auf „Das ist einer von denen, die uns hier vergraulen wollen. Ich finde, es wird Zeit dass wir uns wehren. Denkt daran, am Donnerstag ist großes Protestgrillen."

Tatsächlich hatte die Asta-Studentenvertretung, bei der Alissa eifriges und aktives Mitglied war, für den Feiertag zu einem friedlichen Protestgrillen aufgerufen.

Inzwischen war das Fleisch gar und die Clique machte sich darüber her. Anschließend zerstreuten sie sich, um mit dem einen oder andern Bekannten zu quatschen. Nur Charel und Carla blieben liegen und kuschelten verliebt.

Plötzlich fiel ein Schatten auf sie und als Carla aufsah, stand Kevin Duarte breitbeinig vor ihr. Der junge Mann war groß, blond und muskulös, Typ Bodybuilder, mit tätowierten Armen. Man stellte sich ihn fast automatisch im Posing-Slip vor, wie er seinen Körper im Rahmen von einem Wettbewerb präsentierte. Wie Mr. Olympia, dachte Carla spöttisch. Sie war mal kurz mit ihm zusammen gewesen. Nach der Disco war sie mit zu ihm gegangen und am nächsten Tag hatte er sie auf seiner Maschine, einer Suzuki GSXR herumkutschiert. Sie hatte die Sache danach beendet.

Charel richtete sich auf, doch Kevin ignorierte ihn und wandte sich an Carla „Hi Flittchen", kam es gedehnt, „wie wär's mit einer Nummer mit uns beiden?"

Carla sah ihn gelangweilt an „Lass mich in Ruhe, Kevin", antwortete sie gedehnt.

Charel erhob sich nervös „Wie sprichst du mit meiner Freundin, Mann?", fragte er angespannt. Kevin blickte den gutaussehenden Charel verächtlich von oben bis unten an und sagte warnend „Halt dich da raus Kleiner, das war zuerst meine Braut." Er wirkte plötzlich sehr bedrohlich.

Inzwischen waren Dany und Fabio neugierig näher gekommen. Auch Paul Knapp sah, dass da irgendetwas nicht stimmte und beobachtete das Ganze aus einiger Entfernung. Carla hatte sich erhoben und wollte nach hinten zurückweichen, doch Kevin ergriff ihren Arm und zerrte sie nahe zu sich heran.

„Was willst du denn mit dem?", grinste er anzüglich. „Ich besorg's dir viel besser, wirst sehn." Er schien ziemlich betrunken zu sein. Carla versuchte sich los zu reißen.

„Sag mal, spinnst du?", schrie sie. „Lass mich sofort los, du Wichser."

Fabio machte eine beschwichtigende Geste in Kevins Richtung. „Mach doch bitte hier kein Theater Mann, lass sie los!"

Als Charel einen Schritt auf Kevin zu machte, ließ der sofort Carla los, gab einen undefinierbaren Laut von sich und hieb Charel brutal die Faust in den Bauch. Charel krümmte sich vor Schmerz. Kevin ließ sofort einen Fußtritt folgen, der Charel mitten ins Gesicht traf. Mit einem Stöhnen ging er zu Boden.

Das hat er nun davon, dachte Paul schadenfroh. Er verspürte keinerlei Mitleid mit dem luxemburgischen Studenten. Wie der seine Freundin auch ständig betatschte. Keinen Augenblick ließ er sie aus den Augen. Das war ja schon nicht mehr normal. Paul warf noch einen letzten Blick auf die Gruppe, wo Charel sich gerade mühsam aufrappelte. Mit einem Achselzucken wandte er sich zum Gehen. Es wurde Zeit, dass er sich auf seine Rede für Donnerstag vorbereitete.

Der Donnerstag kam und die Aktion „Protestgrillen" konnte als voller Erfolg bezeichnet werden. Etwa zweihundert junge Leute waren der Einladung gefolgt, um gegen ein generelles Grillverbot im Palastgarten zu protestieren. Die Clique war vollzählig dabei und Alissa hielt eine flammende Rede, worin sie die Anwesenden aufrief, sich gegen die rigide Einschränkung studentischer Lebensqualität zu wehren.

Der Palastgarten müsse weiterhin ein offener Ort der Freizeitgestaltung bleiben, verlangte auch Juso-Sprecher Andreas Schleimer.

Paul Knapp war einer der Redner, die harte Sanktionen gegen die Verschmutzer des Palastgartens forderten. Es könne doch nicht sein, regte er sich auf, dass die historischen Plätze in Trier weiterhin von diesen kriminellen Schmutzfinken versaut würden. Trotz der Buhrufe fuhr er fort, laut über die Zweckentfremdung des

Palastgartens, als Müllhalde und Treffpunkt für nächtliche Randale-Gelage zu wettern. Zum Schluss forderte er Nutzungsverbote und harte Geldbußen bei Zuwiderhandlung.

Die Studenten pfiffen ihn aus. Als er an einer Gruppe vorbeikam, traf ihn der Überrest eines Hamburgers an der Schulter. Paul Knapp drehte sich wütend um und sein Blick fiel auf Selina „Du verdammtes Miststück!"

„Wir war'n das nicht, Opa", protestierte Carla kichernd. Selina ergriff schnell ihren Arm, um sie wegzuziehen.

„Wartet nur ab ihr Saubande!", schrie Paul ihnen nach und machte eine Drohgebärde. Sein Gesicht war rot vor Zorn. „Ich werde es euch schon noch zeigen", knurrte er vor sich hin, bevor er weiterging.

„Lauft mir lieber nicht mehr über den Weg".

Seit diesem Tag war die Clique Paul ein Dorn im Auge. Nachts konnte er nicht mehr schlafen, weil hasserfüllte Gedanken ihn wach hielten. Tagsüber lauerte er darauf, die Jugendlichen dabei zu erwischen, wie sie wieder die Gegend verdreckten oder sonst Unruhe in der Stadt machten.

Wenn man es recht bedachte, waren es ja nicht die jungen Leute allein. Paul rechnete es aus. Beim Trierer Stadtlauf wurden zweihundertsiebzig Kilo Bananen verteilt. Das machte vierzehn bis fünfzehnhundert weggeworfene Bananenschalen auf der Straße. Es war zum Verrücktwerden.

Das Gute war, fand Paul, dass Guildo Horn zu guter Letzt beim Altstadtfest auftrat. Paul war dabei und ließ sich von der Musik mitreißen. Das war doch mal eine

Stimmungskanone, dieser Guildo Horn. Und dazu noch ein echter Trierer Jung, einfach grandios.

Die Clique fehlte natürlich nicht beim Altstadtfest. Am Viehmarkt gab es Bungee-Jumping, das war etwas für Tom. Fünfunddreißig Euro waren zwar viel Geld, aber der Kick war es wert. Danach gingen sie Richtung Hauptmarkt um zu sehen, was sonst noch los war.

Paul stand hinten in der Menge und so sah er die jungen Leute, als sie an ihm vorbeizogen. Natürlich hatte der eine seinen leeren Pappteller wieder einfach auf den Boden geschmissen. Ohne dass sie es merkten, hob er drohend die Faust gegen sie. Es war zum aus der Haut fahren… Im Menschengewühl fiel es nicht auf, dass Paul ihnen folgte. Er konnte sogar ziemlich nahe rangehen. Der Freund dieser Carla schien wieder ganz schön zugedröhnt zu sein.

Charel war etwas hinter den andern zurückgeblieben. Er hatte den Kopf erhoben und streckte sogar die Hände zum Himmel. Es sah so aus, als führe er Zwiegespräche mit jemandem da oben. Was Drogen doch aus einem Menschen machen konnten, dachte Paul voller Verachtung.

Rückblickend, hatte das Semester im Oktober für Charel mit enormem Stress begonnen. Bereits Wochen vorher, war der mögliche Studentenansturm in aller Munde gewesen. Bundesweit waren es dieses Jahr etwa sechzig Tausend neue Studenten mehr, als im vorigen. Die Uni platzte aus allen Nähten. Charel hasste übervolle Hörsäle. Er kam extra früh, um einen Platz zu ergattern. Wenn der Ansturm dann losging, gab es für viele keinen Sitzplatz mehr im Audimax, und wenn man Pech hatte, nichts mehr zu essen in der Mensa. Während der Vorlesung konnte Charel sich schlecht konzentrieren. Seine Gedanken schweiften vom Thema ab, meistens hin zu Carla. Hatte er sie tagsüber noch nicht gesehen, war er überzeugt, dass sie mit irgendeinem Kerl irgendwo rum machte.

Nein, Charel war es schon damals nicht gut gegangen. Er litt unter Stimmungsschwankungen und konnte sich fast nicht gegen die aufdrängenden negativen Gedanken wehren, die ihn überfielen. Manchmal hatte er den Eindruck dass sein Gedankenkarussell sich immer schneller drehte.

Hinzu kam, dass er sich vorgenommen hatte, sein Studium dieses Jahr ernsthaft voran zu treiben. Das machte ihm zusätzlichen Druck. So vergingen die ersten Monate. Er fühlte sich manchmal richtig getrieben. Das alles hatte wahrscheinlich mit dazu geführt, dass er sich der Clique in letzter Zeit entfremdet hatte. Die Freunde fanden, dass er sich seltsam benahm.

Charel bekam es selbst manchmal mit der Angst zu tun. Konnte er seinen Wahrnehmungen überhaupt noch trauen? Manchmal verdächtigte er sogar seine Freunde, dass sie gemeinsam ein Komplott gegen ihn schmiedeten.

Die Weihnachtstage hatte er zu Hause ein bisschen entspannen können, aber Sylvester wollte er in Trier verbringen. Am liebsten wäre er mit Carla allein geblieben. Aber sie hatte darauf bestanden, endlich wieder einmal mit der Clique zu feiern. Carla war ja immer der Meinung, sie beide würden sich zu sehr isolieren.

Sie würde sonst Schluss machen, hatte sie gedroht. Also hatte Charel nachgegeben. Aber seither traute er ihr nicht mehr so recht. Er fing an Carla zu bespitzeln und sammelte Beweise für ihre Untreue.

Das Feuerwerk an der Mariensäule wurde schon um einundzwanzig Uhr abgebrannt. Die Clique hatte gejohlt, als sie durch die Stadt streiften und unverhofft das herrliche Spektakel am Nachthimmel sahen.

Sie gingen in den Club 11, zur Sylvesterparty. Plötzlich gab es eine Schlägerei, einige Leute waren sehr aggressiv. Kevin Duarte stand am Rande, als Carla, auf dem Weg vom Klo an den Streithähnen vorbei kam. Kevin bemerkte sie sofort, als sie in aufreizender Pose näher trat. Er ging zu ihr und zog sie mit sich nach draußen. Jemand schien die Polizei gerufen zu haben. Ein Streifenwagen kam vor dem Eingang zum Stehen.

„Bist du auch in die Sache verwickelt?", fragte sie neugierig, wobei sie sich flüchtig an ihn schmiegte. Der Gedanke schien sie zu erregen.

„Klar, aber jetzt könnte ich mir etwas besseres vorstellen", seine Hand glitt über ihren Hintern. „Du weißt, dass ich dich haben will", fuhr er leicht lallend fort. In seinen Augen stand unverhohlene Leidenschaft, als er sie eng gegen sich drückte.

„Was ist, hauen wir ab?", flüsterte er voller Verlangen.

Sie sah ihn kokett an, während sie sich ihm geschickt entwand. „Du, ich bin mit Freunden da, vielleicht ein anderes Mal."

Sie ging wieder hinein um weiter zu feiern. Einige der betrunkenen Jugendlichen waren in Gewahrsam genommen worden.

Es wurde Mitternacht und ein fantastisches Feuerwerk erhellte den Nachthimmel von Trier.

Charel hatte Carla in die Arme genommen und leidenschaftlich geküsst.

„Wir werden uns niemals trennen", hatte er leise gesagt und dabei in den hell erleuchteten Himmel geschaut.

„Und führe zusammen, was getrennt ist." Unter diesem Motto sollte zwischen dem 13. April und 13. Mai die Heilig-Rock-Wallfahrt stattfinden. Vom kulturellen Aspekt her, war es das Ereignis schlechthin. Seit 1996 wurde erstmals wieder der Heilige Rock im Trierer Dom gezeigt. Paul war nicht besonders davon angetan gewesen, als bereits im März die Aufbauarbeiten für die Heilig-Rock-Wallfahrt begannen. Es wurde etwa eine halbe Million Pilgerinnen und Pilger erwartet. Das bedeutete jede Menge Müll in der Stadt.

Paul Knapp beobachtete das Ganze misstrauisch. Gut, dass man das große Zelt im Palastgarten etwas abseits aufgerichtet hatte. So brauchte er es von seinem Fenster aus nicht zu sehen. Dafür versperrten ihm die Toilettenhäuschen die Sicht auf die Wiese. Bei dem herrlichen Frühlingswetter war drüben schon wieder allerhand los. Paul musste sich das Ganze unbedingt aus der Nähe ansehen. Er hatte zuerst eine Kleinigkeit bei Fischers Mathes gegessen und überquerte nun die Straße um in den Palastgarten zu gehen. Überall in der Wiese saß das junge Volk in Grüppchen zusammen. Es roch natürlich schon wieder nach Gegrilltem, aber es kam Paul so vor, als benutzten die Meisten richtige Grills, anstatt der umweltverschmutzenden Einweggrills. Man aß, trank, unterhielt sich, oder spielte zusammen. Von irgendwo erklang leises Gitarrenspiel. Eigentlich ein friedliches Bild, musste Paul zugeben. Er fand einen Platz auf einer der weißen verschnörkelten Bänke und schaute eine Weile den Enten und Tauben zu.

Am 22. März ging Paul zum Dom, denn an dem Tag wurde der Industrieroboter fertig mit seiner enormen Aufgabe, die Bibel von vorne bis hinten abzuschreiben. Paul trank gerne ein Gläschen mit, bei der anschließenden kleinen Feier. Über zehn Monate hatte der Roboterarm gebraucht und dabei neunhundert Meter Papier vollgeschrieben.

Da kam doch dieser junge Mann daher, den der Bodybuilder Kerl damals zusammen geschlagen hatte. Er war allein. Wo seine Freundin, dieses verdorbene Miststück wohl sein mochte? Jetzt näherte er sich der Vitrine, um dann enttäuscht davor stehen zu bleiben. Minutenlang starrte er auf den mit Alufolie umwickelten Roboterfinger.

„Er ist fertig", sagte Paul und wandte sich dem jungen Mann zu, „heute ist er fertig geworden."

„Also ist alles aufgeschrieben", sagte Charel bedeutungsvoll und deutete auf die geschriebenen Seiten. „Alles steht da drin, wirklich alles. Es ist nichts verborgen was nicht aufgedeckt wird."

Damit drehte er sich abrupt um und ging murmelnd weg. Paul blickte ihm erstaunt nach und schüttelte den Kopf. Dieser junge Mann benahm sich wirklich sonderbar.

Dann begannen die Wallfahrtstage. Besonders an den Wochenenden bildeten sich lange Warteschlangen vor dem Dom, mit Pilgern, die lange und geduldig ausharrten, um einen Blick auf den Schaukasten mit dem Rock zu werfen.

Die Semesterferien waren vorbei, doch Charel fühlte sich nicht erholt. Grübelnd saß er an seinem Schreibtisch, den Kopf in die Hände gestützt. Wirre Gedankenfetzen marterten seinen Verstand, mahnende Stimmen quälten ihn. Verzweifelt schloss Charel die Augen.

Und Carla. Warum tat sie ihm das an? Wie konnte sie sich bloß von ihm trennen? Schon lange hatte er geahnt, dass sie ihm untreu war, er hatte es ihr wieder und wieder vorgeworfen. Carla konnte einfach nicht treu sein. Sicher traf sie sich gerade mit diesem Kevin Duarte. Es musste doch eine Lösung geben. Er und Carla gehörten zusammen, auf ewig. Sie war sein!

Wie konnte er sie nur davon überzeugen?

‚Und führe zusammen, was getrennt war!' Auf einmal ging Charel die tiefere Bedeutung des Wallfahrtsmottos auf. Er wusste nun, dass diese Worte an ihn gerichtet waren. Dankbar hob er die Hände empor. Ja, jetzt hatte er die Gewissheit, was zu tun war. Er selbst musste ihre Wiedervereinigung in die Hand nehmen. Nichts und niemand würde sie jemals wieder trennen.

Es war noch recht kühl, als Paul Knapp gegen 8:30 Uhr seine Wohnung verließ und auf die Straße hinaustrat. Wegen der Menschenmassen, die zurzeit täglich durch Trier strömten, hatte er seine nachmittäglichen Spaziergänge auf morgens verlegt. Missmutig starrte er vor sich hin, als er den Palastgarten durchquerte und schließlich durch den Torbogen schritt. Automatisch wurde sein Blick auf die äußere antike Mauer der Kaiserthermen gelenkt.

Er dachte an die Studentin. Das Bild der toten jungen Frau ging ihm einfach nicht mehr aus dem Kopf. Er sah sie dort liegen, in einer unnatürlich, verkrümmten Haltung, tot. Das schöne Gesicht war unversehrt. Dafür hatte sie mehrere Verletzungen im Hals und Brustbereich.

Niemand hatte ihre Schreie gehört.

Gestern im Laufe des Tages, hatte plötzlich die Polizei an seiner Haustür geklingelt. Ein junges Mädchen aus Carlas Freundeskreis hatte ihn des Mordes bezichtigt. Die Clique hatte zudem ausgesagt, dass Paul wiederholt Drohungen gegen sie ausgestoßen hätte. Man hatte seine ganze Wohnung durchsucht. Paul stand dabei, leichenblass im Gesicht und sah zu, wie sie alles durchwühlten.

Anschließend musste er mit auf die Polizeiwache, zum Verhör. Dort hielt man ihn stundenlang fest. Stellte wieder und wieder dieselben Fragen. Bis er sich verhedderte und in Widersprüche verstrickte. Es stellte sich heraus, dass Paul für die fragliche Zeit kein Alibi hatte. Er sei zuhause gewesen, in seiner Wohnung, hatte er gesagt. Doch dafür hatte er keine Beweise und konnte auch keinen Zeugen angeben.

Der Beamte von der Mordkommission hatte gesagt, Pauls Aussagen würden überprüft werden. Es würden auch noch weitere Zeugen vernommen werden. Bis dahin musste er sich als Tatverdächtiger zur Verfügung halten.

Sie werden wahrscheinlich zuerst allen möglichen Hinweisen nachgehen, dachte Paul und weiter nach Spuren suchen. Und nach der Tatwaffe, denn die war bisher auch noch nicht gefunden worden.

Bei der Vernehmung von Carlas Freunden, stellte sich heraus, dass Carla in letzter Zeit manchmal mit Kevin Duarte zusammen gewesen war. Einige von der Clique gaben an, an dem betreffenden Abend im Kino gewesen zu sein. So auch Carla. Kevin Duarte sei nicht mit dabei gewesen, dafür aber Charel, Carlas früherer Freund. Da Carla sich geweigert hatte, sich neben ihn zu setzen, hatte dieser nach einem kurzen Wortwechsel, das Kino verlassen. Seither war er verschwunden. Er war weder in seiner Wohnung, noch in Luxemburg bei seinen Eltern. Niemand wusste etwas über seinen Verbleib. Inzwischen wurde fieberhaft nach ihm gefahndet. Um den Fall möglichst rasch aufzuklären, wurde die Mordkommission durch Kollegen aus andern Dienststellen und aus Luxemburg verstärkt. Im Polizeipräsidium an den Kaiserthermen liefen alle Fäden zusammen.

Dabei zeigte die Polizei sowieso schon während der Wallfahrtstage, massiv Präsenz in der Stadt. Sie waren durch Beamte aus dem Saarland, sowie aus Luxemburg, Belgien und Frankreich verstärkt worden. An allen wichtigen Punkten in Trier waren Überwachungskameras installiert. Die Pilger sollten sich trotz des Mordes, sicher in der Stadt fühlen.

Auch Kevin hatte man inzwischen befragen können. Er schien am Boden zerstört zu sein, dass Carla tot war. Ja, sie hätten ein paar Mal zusammen geschlafen. Aber er habe nie gewusst, wo er mit ihr dran war. Sie habe halt mit jedem geflirtet.

Seiner Aussage nach hatte er den Abend bei einem Freund verbracht. Der Freund hatte dies bezeugt. Ja sie hätten bis tief in die Nacht hinein, X-Box gespielt und ziemlich viel Bier getrunken, weswegen Kevin bei ihm übernachtet hatte.

Es blieb noch zu klären, wohin Carla nach dem Kino gegangen war. Niemand aus der Clique wusste es so richtig.

Selina gegenüber hatte sie vage angedeutet, sie würde sich schon mal auf den Weg machen. Es war ausgemacht gewesen, dass sie alle, nach dem Kino, noch ins Coyote Cafe gingen, doch Carla war nicht mehr dort aufgetaucht.

Die Gerichtsmediziner bestätigten, dass die Verletzungen im Hals- Brust- und Unterleibbereich durch Messerstiche verursacht worden waren. Der Tod sei eingetreten, als der Mörder seinem Opfer das Messer mit voller Wucht durch die Rippen ins Herz gestoßen hatte. Die Leiche war jetzt freigegeben. Carlas Eltern waren sofort, nachdem man sie vom gewaltsamen Tod ihrer Tochter benachrichtigt hatte, in Trier eingetroffen. Nun konnte endlich das Begräbnis stattfinden.

Obwohl die Polizei durch die Wallfahrt alle Hände voll zu tun hatte, liefen die Ermittlungen auf Hochtouren. Die intensive Fahndung nach Charel, einem der Hauptverdächtigen, war bisher erfolglos geblieben. Man hatte ihn auch nicht mehr an der Uni gesehen. Er schien wie vom Erdboden verschluckt. Die Beamten von der Spurensicherung gingen weiteren Indizien nach. Doch man hatte den Mörder von Carla noch nicht gefunden.

Inzwischen wurden die Bilder der Überwachungskameras ausgewertet. Mehrere Leute waren damit beschäftigt. Es wurde Mai und die Pilger strömten weiter nach Trier.

Eines Tages tauchte Charel im Polizeipräsidium auf und erzählte eine unglaubliche Geschichte. Er sei bei einem Therapeuten in Österreich gewesen, einem Onkel von ihm. Charel hatte mit der Zeit angefangen, unter seinen Stimmungsschwankungen zu leiden. Außerdem hatte er seine Denkstörungen auf einmal als störend und quälend empfunden. Die sich ihm aufdrängenden Gedanken, sein zwanghaftes Handeln, sein Glaube, Kontakt zu irgendwelchen Göttern zu haben, die ihm Anweisungen gaben, all das wurde ihm unheimlich. Als er merkte, dass sein Leben von seinem Wahn bestimmt wurde, hatte er Angst vor sich selbst bekommen. Nachdem Carla nichts mehr mit ihm zu tun haben wollte, hatte sowieso alles keinen Sinn mehr. Er konnte genauso gut sein Studium unterbrechen und sich Hilfe suchen. Charel merkte, dass dies seit langem der vernünftigste Gedanke war und setzte ihn sofort in die Tat um. Gleich nachdem er das Kino verlassen hatte, war er zu seinem Onkel nach Wien gefahren. Mit Onkel Friedrich hatte er lange Gespräche geführt und langsam wieder Sinn für die Realität bekommen. Charel war durch die Wälder spaziert und hatte viel nachgedacht. Ihm wurde bewusst, dass er sich mit allem überfordert hatte. Mit seinem Studium und ganz besonders mit Carla. Sie war nicht die Richtige für ihn gewesen. Er hatte es erzwingen wollen und dabei ihr und sich selbst geschadet.

Die Auswertungen der Überwachungskameras waren abgeschlossen. Kevin Duarte wurde Freitag bei sich zuhause festgenommen und abgeführt. Sein Alibi war aufgeflogen. Er war zur Tatzeit nicht bei seinem Freund gewesen. Die Kameras hatten ihn zusammen mit Carla im Palastgarten erfasst. Während der intensiven Verhöre sagte er Details aus, welche nur der Täter wissen konnte. Seine Wohnung war gründlich durchsucht worden und man hatte die Tatwaffe gefunden. Ein beidseitig geschliffenes Springmesser. Als Motiv für die Tat gab er an, er habe es nicht mehr ertragen, wie sie mit ihm umgesprungen sei. Er sagte, Carla hätte ihn nur verkohlt. Wenn sie allein gewesen wären, sei es toll mit ihr gewesen. Sobald die Clique dabei war, hatte sie sich gegen ihn gestellt. Das verdammte

Miststück hätte ihn vor ihren Freunden verhöhnt und als Liebhaber abgewiesen. Das hatte er nicht dulden können.

Die Heilig Rock Wallfahrt ging ihrem Ende zu. Und damit die Konzerte und sonstigen Veranstaltungen im Palastgarten. Paul wartete schon darauf, dass er wieder ganz normal, seine Spaziergänge durch Trier machen konnte. Höchstens gestört durch die jungen Leute, die den Palastgarten wieder für sich erobern würden. Schon nahte das letzte Wochenende. Es war viel Trubel in der Stadt gewesen. Paul freute sich nun auf gemächlichere Zeiten.

HAM UND AMANDA

Zu der Fabel: Der Hamster und die Ameise

„Ihr armseligen Ameisen", sagte ein Hamster. „Verlohnt es sich der Mühe, dass ihr den ganzen Sommer arbeitet, um ein so Weniges einzusammeln? Wenn ihr meinen Vorrat sehen solltet!"

„Höre", antwortete eine Ameise, „wenn er größer ist, als du ihn brauchst, so ist es schon recht, dass die Menschen dir nachgraben, deine Scheuern ausleeren und dich deinen räuberischen Geiz mit dem Leben büßen lassen!"

Von Gotthold Ephraim Lessing

Amanda Nuhr öffnet den Kofferraum ihres Skoda Fabia, hievt die schwere Einkaufstasche heraus und lässt die Hecktür zufallen. Die Zwillinge Nils und Nelly laufen bereits voraus zur Haustür. Bevor sie ihren Kindern nachfolgt, lauscht Amanda auf das Geräusch der automatisch schließenden Autotüren. Als sie die Haustür aufmacht, merkt sie, dass Nelly bereits die Post aus dem Briefkasten genommen hat.

„Bravo", lobt sie die Vierjährige und lächelt ihr zu. Jetzt eilt Nils zum Aufzug und drückt den Knopf. Mit zufriedenem Gesichtsausdruck steht er vor der sich öffnenden Aufzugstür und schaut der Mutter erwartungsvoll entgegen.

„Gut gemacht, Nils", liebevoll tätschelt sie ihrem Sohn die Schulter und stellt die Tasche ab. Die kleine Familie ist gut organisiert.

Der Aufzug surrt und schon sind sie oben in der dritten Etage, wo Amanda mit ihren Zwillingen in einer bescheidenen Zweizimmerwohnung lebt. Beim Abendessen plappern die Kinder munter drauf los, sie erzählen von ihren Erlebnissen im Kindergarten und dass morgen ein Junge seinen Geburtstag feiern wird. Er hat versprochen einen leckeren Schokoladenkuchen mitzubringen. Anschließend wäscht Amanda ab, unterdessen ziehen Nils und Nelly selbstständig ihre Pyjamas an.

Plötzlich klingelt das Telefon. Es ist Ham, der Vater der Kinder. Er kündigt an, dass er noch vorbeikommen möchte, um die Kleinen zu sehen. Nachdem er aufgelegt hat, wählt Amanda eine andere Nummer. Als ihr Gesprächsteilnehmer sich meldet, richtet sie ihm nur kurz aus: „Er wird in einer halben Stunde hier sein."

Bald darauf ist Ham da, und nachdem er eine Weile mit den Zwillingen gespielt hat, ist für die Kleinen Schlafenszeit. Auf Amandas Frage, ob er die Kinder zu Bett bringen möchte, verneint er und holt sich stattdessen ein Bier aus dem Kühlschrank.

„Das ist Frauensache", meint er selbstzufrieden und legt sich mit der Fernbedienung aufs Sofa. „Wofür bezahl ich dir schließlich Alimente?"

Seit die Kinder auf der Welt sind, leben Ham und Amanda getrennt. Ham behauptet, er sei fürs Familienleben nicht geeignet. Es enge ihn ein, außerdem könne er seine Karriere nicht aufs Spiel setzen. Die Geschäfte liefen gerade so gut und er bekomme viele Aufträge. Jawohl, er verdiene wenigstens Geld, während Amanda immer noch ihrem langweiligen Bürojob anhänge.

Als Amanda aus dem Kinderzimmer zurückkommt, fängt er wieder an.

„Du arbeitest den ganzen Tag und verdienst fast nichts. Wieso suchst du dir nicht einen lukrativeren Job?", fragt er und sieht sie dabei verächtlich an. „Dann könntest du dir mal einen ordentlichen Fernseher kaufen. Du solltest dir mal meinen neuen Ultra HD Triple Tuner ansehen."

„Mir reicht der kleine vollkommen", antwortet Amanda angespannt.

„Warum meldest du die Kinder nicht in einem Ganztagskindergarten an und verdienst endlich ein bisschen mehr Geld."

„Ich bin zufrieden", gibt Amanda irritiert zurück, „wir haben eine Wohnung, genug zu essen, Kleidung und ein Auto. Meine Arbeit befindet sich in der Nähe des Kindergartens, somit kann ich die Kids gleich nach der Arbeit abholen. Die sechs Stunden reichen mir, warum sollten die Beiden länger, als unbedingt nötig, von fremden Leuten betreut werden?"

„Ach, was soll das?", gibt Ham ärgerlich zurück. „Das sind doch schließlich qualifizierte Leute."

Er überlegt einen Moment und lacht.

„Übrigens", dabei gleitet sein Blick genüsslich an ihr herunter, „ich sag dir mal was, Amanda, so wie du aussiehst, könntest du bei deinem Chef bestimmt mehr herausschlagen."

„Hör doch auf damit", sagt sie ärgerlich und erhebt sich um den Frühstückstisch zu decken.

Er ignoriert ihre Worte und fährt fort. „Du bist ganz schön dumm, wenn du die Gelegenheiten nicht nutzen willst, die sich dir bieten."

Jetzt richtet er sich auf und bläht dabei angeberisch die Backen auf.

„Gerade habe ich eine ganz tolle Sache laufen", meint er geheimnisvoll. Sein Lächeln wirkt verschlagen. Also ich für meinen Teil habe ein dickes Bankkonto und fahre nächsten Monat für zwei Wochen auf die Malediven", prahlt er lächelnd. „Das kannst du dir sicher nicht leisten."

„Jetzt reicht es mir aber!", entrüstet sich Amanda.

Sie versteht nicht mehr, wie sie sich jemals in dieses Scheusal verlieben konnte. Mittlerweile empfindet sie nur noch Ekel.

„Du mit deinen dubiosen Geschäften", regt sie sich auf, „das wird auf die Dauer nicht gut ausgehen. Eines Tages nehmen sie dich Hops und dann …."

Es klingelt.

Amanda lächelt, als sie in den Flur geht, die Sprechanlage drückt und den Türöffner betätigt.

Sie wartet.

Der Aufzug surrt und bleibt dann mit einem kleinen Ruck stehen. Zwei Beamte kommen auf sie zu und zücken ihren Ausweis.

Amanda tritt zur Seite, um sie vorbei zu lassen. Sie deutet auf die Wohnzimmertür und nickt.

„Kriminalpolizei", ruft er erste Polizeibeamte als er eintritt. „Sind sie Ham Schneider?"

Ham zuckt zusammen. „Ja, aber was…?"

„Herr Schneider sie sind verhaftet. Ihnen wird vorgeworfen, größere Summen Geldes aus der Firma Scheuern unterschlagen zu haben."

Der zweite Beamte nähert sich, legt ihm Handschellen an und lässt sie zuschnappen.

„Wir wissen, dass die Dame ehrbar ist und nichts mit der Sache zu tun hat", sagt der erste Mann und lächelt Amanda beruhigend zu.

„Bitte folgen Sie uns ohne Aufsehen."

TIGER JI & POWER-WINNIE

Für Lomi, und alle Menschen die Katzen lieben

Tiger Ji kann die Geschichte ja nicht gut selbst erzählen. Schließlich ist er ein Kater. Aber er kennt die Autorin und die Autorin kennt ihn. Sie findet, dass er oft so aussieht, als hätte er viel zu erzählen. Da die Autorin einiges davon selbst miterlebt hat, bei anderem vermutet, es habe sich so zugetragen, unternimmt sie hiermit den Versuch, die folgende Geschichte zu erzählen.

An einem warmen Sommertag dringt aus einem geschlossenen Pappkarton ein zartes, klägliches Miauen. In dem Karton wird ein kleiner getigerter Kater transportiert. Es ist Tiger-Ji. Er muss die Zeit auf dem Rücksitz eines fahrenden Autos durchhalten, um zu seinem zukünftigen Zuhause zu gelangen.

Tiger-Ji hat wahnsinnige Angst. Obwohl das Mädchen, auf dessen Knien er in seinem Karton sitzt, zwischendurch immer wieder hinein lugt und ihm gut zuredet, lässt er sich nicht beruhigen. Den ganzen Weg über miaut er mit seinem zarten Stimmchen. Doch es ist vergebliche Mühe, er muss in seinem Gefängnis ausharren und die unheimlichen Geräusche und Erschütterungen des fahrenden Autos über sich ergehen lassen.

Eigentlich hat er es dem Mädchen zu verdanken, dass er zu guter Letzt doch noch abgeholt wird. Ihre Eltern wollten ihn verschenken, doch niemand wollte ihn haben. Nur sie wollte ihn. Sie lag ihrer Mutter so lange damit in den Ohren, bis sie einverstanden war.

Irgendwann hören die schrecklichen Motorengeräusche auf und Tiger-Ji wird mitsamt seinem Gefängnis aus dem Auto getragen und ins Haus befördert. Wieder hört er die Stimme des Mädchens. Jetzt öffnet sie die Schachtel, er wird herausgeholt, auf den Arm genommen und gestreichelt.

Oh, tut das gut!

Tiger Ji fängt an, behaglich zu schnurren.

Doch zu bald schon wird er wieder abgesetzt. Bevor er noch neugierig die Umgebung erkunden kann, sieht er sich zu seinem Entsetzen einem wild fauchenden Wesen gegenüber. Das Kätzchen ist zwar viel kleiner als er, dafür aber umso wilder entschlossen, sein Territorium zu verteidigen. Der kleine Kater blickt es erstaunt an und weicht dann ängstlich zurück. Wenn das mal nicht seine kleine Schwester ist! Sie wirkt zwar ganz verändert, der Geruch ist ein bisschen anders als früher und dann dieses bösartige Fauchen. Aber sonst sieht sie fast genau so schön getigert aus, wie er. Aus sicherer Entfernung sieht er sich seine Mitbewohnerin mal genauer an. Ihr Fell hat einen hellbraunen Farbton, dazu die schwarzen Tigerstreifen, genau wie bei ihm. Um den Hals läuft ein dünner schwarzer Streifen, was hübsch aussieht. Wie so eine Halskette bei den Menschenfrauen.

Tiger Ji spürt, wie sein neues Frauchen ihn erneut aufnimmt. Er wird kurz gestreichelt und dann wieder abgesetzt. Was für ein herrlicher Geruch! Vor ihm steht ein Schälchen mit Milch. Ohne zu zögern, beginnt er sie aufzulecken.

Grrrrr, Pfote im Gesicht, scharfe Krallen. Tiger Ji miaut, duckt sich und entweicht blitzschnell hinter den Heizungsbrenner. Dieses Katzenvieh beißt ganz schön zu.

Na gut. Sie hat ihm gezeigt, wer der Boss ist. Seine kleine Schwester, die Allerkleinste aus dem Wurf. Aber Tiger Ji hat verstanden. Sie war zuerst hier. Künftig rückt er zur Seite, wenn sie sein Fressen haben will. Denn sonst kommt die Pfote. Sie kann ganz schön zickig sein. Aber auch süß.

Es gibt nichts Schöneres, als mit ihr zu spielen und zu raufen. Sie kugeln herum, greifen sich gegenseitig an, toben wie wild durchs Wohnzimmer, draußen klettern sie an den Bäumen empor und liefern einfach ein tolles Spektakel für ihre Menschen. Sind sie beide müde, schlafen sie zusammen, eng aneinander gekuschelt, im selben Sessel oder im selben Bett.

Sie ist schon außergewöhnlich, diese Winnie! Eine richtige Powerkatze. Sachen macht die, das könnte er nie. Angst hat die vor niemandem. Nicht mal vor Hunden. Er dagegen schon. Das kleinste Geräusch genügt, um ihn aufschrecken zu lassen. Ganz besonders Angst hat er vor dem Staubsauger, diesem lärmenden Ungetüm.

So werden sie beide größer, sie gehen auf Mäusejagd. Manchmal fängt Tiger Ji sogar einen Vogel, jeder weiß, wie schwierig das ist. Dann ist er stolz und bringt ihn ins Haus. Er weiß, was er seinen Menschen schuldig ist. Besonders dem Mädchen, das ihn immer füttert und streichelt. Auch Winnie ist eifrig beim Jagen und bringt manche Beute mit herein. So tragen sie alle beide ihren Teil zum Futter bei. Komisch, dass die Menschen dann immer so ein Geschrei aufführen. Sie wissen die Mühe ihrer Katzen gar nicht zu schätzen.

Nach dem Jagen ist Tiger Ji müde. Er liebt es, faul herumzuliegen, sich zu putzen und ein bisschen gekrault zu werden. Immer wieder sucht er nach neuen, interessanten, mehr oder weniger bequemen Schlafplätzen. Manchmal ist es einfach nur ein Stück Pappe, das irgendwo herumliegt, der Einkaufskorb, der nach dem Ausräumen stehen geblieben ist, oder der Wäschekorb mit der Schmutzwäsche. Am liebsten etwas, das er noch nie ausprobiert hat, etwas, das vorher noch nicht da war. Na ja, ein bisschen gemütlich sollte es schon sein.

Winnie ist da ein wenig anders, sie liebt die Wärme. Entweder legt sie sich im Keller direkt oben auf den Heizkessel, oder sie kriecht am Küchenfenster unter dem Fensterbrett durch, auf den warmen Heizkörper. Das sieht allerdings nicht nach einem bequemen Liegeplatz aus. Tiger Ji sitzt da schon lieber richtig auf dem Fensterbrett und schaut hinaus. Von da aus kann er gut nach oben sehen, unters Dach, wo die Schwalben ihre Nester bauen. Unaufhörlich fliegen sie ihm an der Nase vorbei, um zu ihren Jungen zu gelangen. Von seinem Fensterplatz aus beobachtet er sehr gerne das Füttern der jungen Piepmätze. Leider haben seine Menschen alles vollstehen. Pflanzen, Kerzen, Blumen, sogar so einen Musikapparat. Den hat er aber neulich für sich entdeckt. Da ist er kurz mal drauf gestiegen, weil wieder kein Platz am Fenster war. War gar nicht so übel. Man sitzt schön hoch, kann hinausblicken und man hat den Überblick über den Frühstückstisch, falls sie einem vielleicht doch mal was abgeben. Nur das Putzen ist nicht ungefährlich, man kann nämlich runterfallen. Er weiß es aus eigener Erfahrung. Der Klappdeckel, da wo man die CDs reinlegt, ist ja nicht sehr groß. Das ist Tiger Jis Sitzplatz. Wenn er Lust auf Musik hat, streckt er das Pfötchen aus und drückt den Knopf. Na gut, das erste Mal geschah es eher zufällig. Plötzlich ging die Musik an und er erschrak fast zu Tode. Beim Runterspringen ging auch noch diese CD Klappe auf. Das hat ihn noch zusätzlich erschreckt. Mittlerweile ist er daran gewöhnt und schaltet ganz nach Belieben ein oder aus.

Power Winnie

Nun aber wieder zu Winnie. Irgendetwas stimmt nicht mit ihr. Ständig reibt sie sich an den Beinen der Menschen, streckt das Hinterteil hoch und rollt sich über den Fußboden. Sobald sie draußen ist, lockt sie durch ihr Gehabe sämtliche Kater an. Es ist Brunstzeit und Winnie ist das erste Mal rollig.

Der dicke Kater zwei Häuser weiter ist kastriert, so wie Tiger Ji selbst. Aber Olli, der immer durch ein Loch in der Hecke rüberkommt, nicht. Er streicht seit Tagen ums Haus herum. Olli wird Winnies Freund. Wenn man das so nennen kann, denn unter Katzen sieht das Liebesspiel eher nach einem heftigen Kampf aus. Wenn Winnie nachts draußen ist, hört man sie laut schreien. Für die Menschen klingt es schrecklich, fast als ob eins ihrer Babys schreien würde. Nach zwei bis drei Wochen ist es vorbei und es wird nachts wieder ruhiger draußen.

Bald stellt sich heraus, dass Winnie trächtig ist. Dabei ist sie noch so klein und zierlich. Ob das mal gutgeht?

Dann ist es soweit. Winnie miaut schon den ganzen Tag herum und benimmt sich ganz komisch. Schon seit Tagen probiert sie die unmöglichsten Schlafplätze aus, sie sucht offensichtlich nach einem Versteck. Man lässt sie gewähren, nur aus den Kleiderschränken wird sie verjagt.

Heute miaut sie die ganze Zeit. Mauuhähhh, miauähhh.

Tiger Ji sieht sich das eine Weile an. Sie scheint Schmerzen zu haben. Er tut sein Bestes, um sie zu unterstützen. Er bleibt bei ihr, leckt sie beruhigend sauber, legt sich zu ihr, wenn sie einen Moment still liegt. Einmal klettert er halb über sie, legt seinen Hals in ihren Nacken und versucht eine Weile zu schlafen. Es ist nicht für lange, dann steht Winnie wieder auf, miaut.

Auf einmal ist da ein blutiges kleines Etwas, dann noch eins und noch eins. Von jetzt an ist seine Schwester sehr beschäftigt. Wenn sie die Kleinen nicht säugt oder säubert, nimmt sie sie ins Maul, schleppt sie im ganzen Haus herum und versteckt sie stets irgendwo anders. Sind die Kätzchen wieder einmal verschwunden, beginnt die Suche. Winnie versteckt sie an den unmöglichsten Orten. Neulich haben die Menschen wieder lange gesucht. Schließlich findet das Mädchen die kleinen Kätzchen tief unten in seinem Bett unter der Decke. Da liegen sie zusammengerollt, dicht beieinander und schlafen. Nur gut, dass Frauchen sich nicht wie üblich aufs Bett plumpsen ließ.

Manchmal, wenn Winnie ein bisschen nach draußen geht, bleiben die Kleinen allein in ihrem Körbchen liegen. Dann kommt Tiger Ji und legt sich zu ihnen. Ein paar Mal wird er verjagt, dann lassen sie ihn. Das Mädchen weiß schließlich, dass er ihnen nichts tut, sondern sich ganz lieb um sie kümmert.

Katerleben

Weil Winnie keine Zeit mehr für ihn hat, geht Tiger Ji auf Entdeckungsreise. Es gibt so viel Interessantes und Spannendes zu erleben. Aber auch Gefährliches. Zum Beispiel Hunde. Ihnen geht Tiger Ji lieber aus dem Weg. Wenn er einem Hund begegnet, macht er einen Katzenbuckel und verzieht sich. Denen traut er nicht, sie wirken so böse.

Tiger Ji liebt das Herumstreunen. Manchmal kommt er drei Tage lang nicht nach Hause. Es gibt ja so viele Katzen in der Nachbarschaft. Einige sind seine Freunde, andere sind

Rivalen, die bekämpft werden müssen. Es gibt auch ein paar interessante Bauernhöfe in der Gegend. Da kann man gut auf Mäusejagd gehen. Wenn er endlich vom Herumstreunen zurückkommt, wird einen ganzen lieben langen Tag nur geschlafen und gefaulenzt.

Kürzlich hat Tiger Ji herausgefunden, wie die Katzenklappe der Nachbarin funktioniert. Seine Menschen haben ja noch immer keine in die Kellertür eingebaut. So muss er manchmal ewig lang vor den Fenstern und Türen jammern, bis man ihn hereinlässt. Nicht so bei den Nachbarskatzen, die können rein oder raus wie und wann sie wollen. Außerdem gibt es bei denen so ein leckeres Katzenfutter. Tiger Ji lädt sich manchmal selber dazu ein.

Wie schnell junge Katzenbabys doch wachsen. Schon ist es wieder Sommer. Die Menschen sind nun auch wieder viel mehr draußen. Sie mögen es, wenn ihre Katzen mit ihnen im Garten sind, sie schauen ihnen beim Herumtoben zu und freuen sich an ihren lustigen Purzelbäumen. Sie liegen in ihren Liegestühlen und genießen die warme Sonne. Winnie übt mit ihren Jungen spielend das Jagen und Tiger Ji hilft ihr bei der Erziehung. Das hält ihn jung.

Der Nachbarhund

Einer der Nachbarn scheint nicht zu wissen, dass dies eine Katzengegend ist. Er hat sich einen Hund angeschafft. So einen ungestümen, riesigen, jungen Straßenköter. Tiger Ji hasst ihn und verdrückt sich, sobald er ihn herauskommen sieht. Er wirkt unberechenbar. Wenn die Nachbarn mit ihm spazieren gehen, zieht der Hund sie mit der Leine hinter sich her. Tiger Ji hat beobachtet, wie sie sich mit aller Kraft dagegen stemmen, oder versuchen, ihn zu ermahnen. Aber der hört nicht und zieht weiter. Er ist denen auch schon ein paar Mal weggelaufen. Das darf er aber nicht. Hunde dürfen, im Gegensatz zu Katzen, eben nicht frei herumlaufen. Was auch gut so ist. Ein Hund soll gehorchen lernen und das Haus bewachen. Dann muss er seine Menschen noch auf ihren Spaziergängen begleiten. Da haben Katzen schon ein besseres Leben. Sie leben frei und unabhängig. Ihre Menschen sind nur für sie da. Ihnen gehören das Haus und der Garten.

Naja, Hunde sind ja, wie man weiß, nicht besonders schlau.

Eines Abends ist die ganze Familie draußen beim Grillen, es ist ein herrlich warmer Sommerabend. Tiger Ji bleibt in der Nähe des Grills und wartet auf eine günstige Gelegenheit. Einmal hatte er sich einen ganzen Hamburger stibitzen können. Wer weiß?

Die Kätzchen spielen und toben miteinander und auch Winnie lauert auf etwas zu Fressen.

Wurde er von dem leckeren Fleischgeruch angelockt oder ist es seine pure Dummheit? Jedenfalls steht der Hund plötzlich schwanzwedelnd in ihrem Garten. Sicher hatte wieder eines der Kinder das Gartentor aufgelassen. Auch Tiger Jis Schwanz bewegt sich fast automatisch hin und her. Allerdings nicht vor Freude, sondern vor purem Missfallen.

Noch ehe jemand von den Menschen wirklich darauf reagieren kann, hört man ein fürchterliches Fauchen. Wie ein Pfeil rast Winnie an ihnen vorbei auf den Hund zu. Da, jetzt springt sie an ihm hoch und krallt sich in seinem Fell fest. Für einen Moment hängt sie in seiner Flanke. Das erbärmliche Jaulen des Köters hättet ihr mal hören sollen. Als Winnie loslässt, stehen ihr förmlich die Haare zu Berge. Sie faucht ihn an. Der Schwanz ist dick aufgebauscht, Tiger Jis ebenso. Im Unterschied zu Winnie, hält er sich jedoch lieber in sicherer Entfernung auf.

Der inzwischen herbeigeeilte Nachbar steht da und staunt Bauklötze.

„Das ist tapfer, das ist aber wirklich tapfer", kann er nur voller Bewunderung hervorbringen. Der dumme Hund steht da und zieht den Schwanz ein.

Ja, Winnie verteidigt ihre Kätzchen.

Er und Winnie haben das Haus wieder für sich. Inzwischen lassen sie es beide gern etwas gemächlicher angehen. Besonders im Winter. Dann liegt man so schön gemütlich beim warmen Ofen und träumt von Mäusen und besiegten Hunden.

Der Nachbarhund scheint mittlerweile dressiert und wohlerzogen zu sein. Jedenfalls hat er sich seit damals nicht mehr in den Garten getraut.

LOLA

Mittlerweile sind auch die Jungkatzen alle aus dem Haus. Nur eins von Winnies Kindern kommt manchmal für ein Wochenende oder für ein paar Tage mit seinem Frauchen zu Besuch. Es ist Lola.

Lola ist eigentlich eine richtige Hauskatze. Sie lebt in einer Wohnung, mit Katzenklo, Katzenbaum und allem was Hauskatzen so zum Spielen brauchen, damit sie die Freiheit nicht allzu sehr vermissen. Lola hat sogar eine Maus zum Aufziehen. Ihr Frauchen hat die Aufziehmaus einmal mitgebracht. Tiger Ji hat ihr nachgeschaut, doch er fand sie nicht weiter interessant. Lola hat sie auch nicht groß beachtet. Wenn sie zu Besuch kommt, läuft sie genauso nach draußen wie Tiger Ji und Winnie. Dann geht sie, genau wie die andern, durch die Katzenklappe nach draußen. Als sie ihre erste Maus bringt, sind alle stolz auf sie. Sie wird sogar dafür gelobt. Aber auch sie wird mit der Maus nicht ins Haus gelassen.

Lola hat vom Charakter her viel von ihrer Mutter Winnie. Ist sie im Haus, führt sie sich wie der Boss auf. Winnie faucht sie zwar an, doch dann zieht sie sich zurück und sucht sich ein ruhiges Plätzchen. Sie will nichts mehr mit Lola zu tun haben. Aus den Augen aus dem Sinn. Tiger Ji geht ihr aus dem Weg und lässt sie gewähren. Sein Frauchen ist sowieso nur noch an Lola interessiert, sobald die zu Besuch ist. Was soll's, es ist doch immer nur für ein paar Tage. Danach kehrt wieder Ruhe ein.

Wie gesagt, Lola ist eine Hauskatze, die in ihrem normalen Alltag höchstens Mal über den Balkon läuft. Jetzt war sie über längere Zeit nicht mehr bei uns, bestimmt ein paar Monate nicht. Nun wird sie wieder für ein paar Tage hierbleiben. Ob sie wohl noch weiß, dass es hier kein Katzenklo im Haus gibt? Dafür muss man nach draußen in die Natur. Doch Lola findet sich gleich wieder zurecht und läuft begeistert ein und aus. Außerdem streitet sie wie üblich mit ihrer Mutter Winnie. Die beiden kommen einfach nicht mehr miteinander klar. Mit Tiger Ji gibt's da keine Probleme.

Auf einmal hört man das für Katzen typische Miauen, wenn sie eine Maus gefangen haben. Rasch nachschauen um den Übeltäter mit seiner Beute nach draußen zu befördern! Denn, es dürfen keine Mäuse oder Vögel mit ins Haus gebracht werden.

Oh, es ist Lola! Hat sie etwa nach der langen Abwesenheit tatsächlich schon eine Maus gefangen? Sie ist total aufgeregt, läuft hin und her und miaut. Jetzt lässt sie ihre Beute fallen, jagt sie mit der Tatze, nimmt sie wieder ins Maul.

Beim näheren hinsehen stellt sich jedoch heraus, dass es keine Maus sondern ein Tannenzapfen ist. Lola scheint vergessen zu haben, was eine richtige Maus ist.

Am nächsten Morgen findet Frauchen beim Aufstehen einen schönen Tannenzapfen vor der Zimmertür liegen. Auf dem Teppich vor der Haustür liegt ebenfalls einer.

Eines Tages, als Lola wieder einmal zu Besuch ist, muss ihr Frauchen schon frühmorgens zum Flughafen fahren, denn sie fliegt mit einer Freundin zusammen in Urlaub.

Aber auch Lola verschwindet an diesem Morgen und ist seither nie mehr gesehen worden.

DANKSAGUNG

Einen großen Dank geht an meinen Sohn Jonathan Reichling für das Umschlagfoto. Er knipste mich anlässlich unseres Familienurlaubs in Südfrankreich.

Ich bedanke mich ganz herzlich bei meinem Sohn David Reichling für die Homepage, die er für mich erstellt hat.

www.marie-jeanne-reichling.eu

Meine Kinder haben mich stets inspiriert zum Schreiben. Vielen Dank, ich liebe Euch!

Ich danke Frank Hertzfeld fürs Korrekturlesen, ebenso für seine Tipps und Anregungen.

Einen ganz besonderen Dank gilt euch, meinen lieben Lesern. Ihr seid wirklich exquisit!

Marie-Jeanne Reichling

Die Novelle:

Todesspritze außer Kontrolle
Ein Plädoyer für das Leben

Die Serie der Jugendbücher:

Warum Sven?
Mobbing und Amoklauf

Frust
Essstörungen, ADHS

Alex und die Suche nach seiner Identität

Die Kinderbücher:

Lausania
Ein Bilder/Hörbuch über Läuse
Illustriert von Cathy Steffen, Musik Jonathan Reichling,
gesungen von Salomé Reichling

Mäi Molbuch a máin Aufgabenheft
(Lausania)
Illustriert von Cathy Steffen